關川夏央
谷口治郎
劉蕙菁 譯

『少爺』的時代 第三卷

蒼空之下

在凜冽的近代中，活得多采多姿的明治人

蒼空之下

「少爺」的時代　第三卷

目次

第一章

明治四十二年四月三日

煙雨

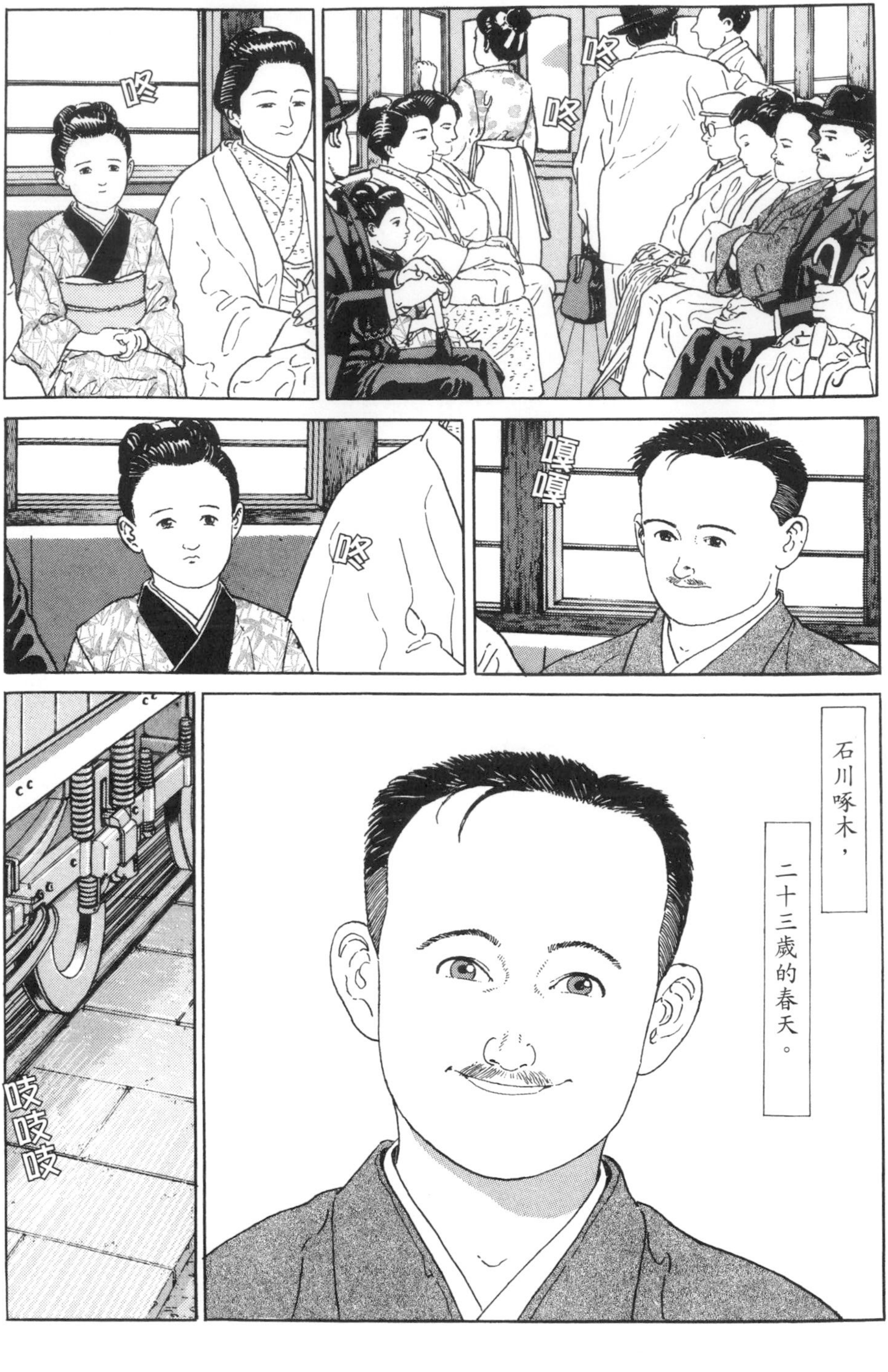
咚
咚
咚
咚
嘎嘎
石川啄木，
二十三歲的春天。
吱吱吱

轟隆
唉呀！
掏出
哼，
輕放
各位乘客，
現在暫時停車，抱歉耽誤寶貴時間，
……真可憐，錢包裡竟然只有兩錢。
下雨讓軌道太過溼滑，得先停車灑點沙子才行。

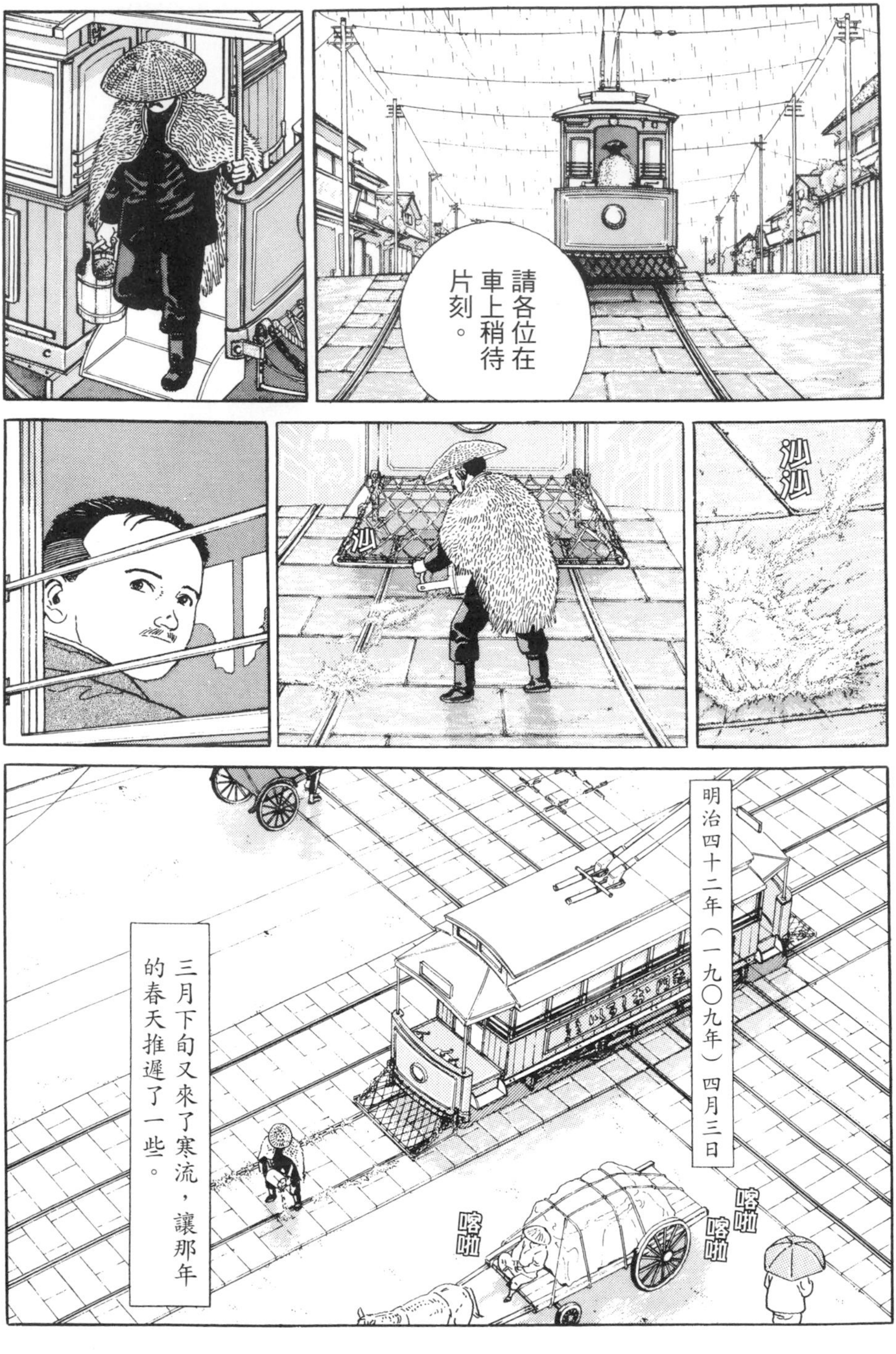

請各位在車上稍待片刻。
沙沙
沙
明治四十二年（一九〇九年）四月三日
三月下旬又來了寒流，讓那年的春天推遲了一些。
喀啦
喀啦
喀啦

本鄉新坂——
本鄉區森川町一番地
啄木在蓋平館這個平價公寓租了三張半榻榻米大的房間。

石川先生，有你的包裹！
誰寄來的？
是一位北原先生寄的。
阿清啊……妳也長大了呢！
你啊，盯著我亂瞟也沒用的。
吱嘎
吱嘎
東家說，這個月……
石川先生一定要先交些房租。
嗯，
聽到了，
我曉得啦。
我知道了！
喀啦
小心火燭

我當然想付錢呀，
誰叫我要付的帳多到數不清？
空了……
捏緊
咔啪
我看看，
邪宗門
北原白秋
北原這傢伙，
還真不簡單。

那天，啄木沒有去上班，
三月一日開始，他在京橋區瀧山町五番地的東京朝日新聞社擔任校對員。
到職才十天，啄木就跟介紹他這份工作的同鄉前輩佐藤北江[1]，預支本月的薪水。
啪答

1. 佐藤北江（さとうほっこう）：本名佐藤真一，日本明治、大正時代的新聞記者、編輯。在東京朝日新聞擔任政治記者後升任為總編輯，並聘用當時沒沒無名的石川啄木擔任報社校對員。

咦？
要預支薪水嗎？
好吧，
你還真是借錢的豪傑啊，哈哈哈。
啊哈哈哈！
讓會計聽到又要囉唆了，
拿去，
我先借你應急。

二十五圓一到手，啄木先用二十圓償還租屋處的部分欠款，
又花了一圓四十錢買了兩本共二十張電車票，再買了香菸，又跑到淺草吃馬肉。
兩三下就把錢花個精光，只剩下電車票可以繼續上班，但是到了四月三日，只剩下兩張票了。

咕嚕嚕嚕
喀啦
咚！
飯來得太慢啦。
又有什麼辦法？
嘿唷。
我是個健康的大男人耶。
人家也是聽話辦事啊！
老闆說，對不準時付錢的房客要壞一點。

2. 金田一京助（きんだいち きょうすけ）：出身於日本岩手縣盛岡市，東京帝國大學文學博士，曾任教於國學院大學、東京帝國大學，是日本語言學家及民俗學家，主要研究的領域是日本國語及愛奴語等。

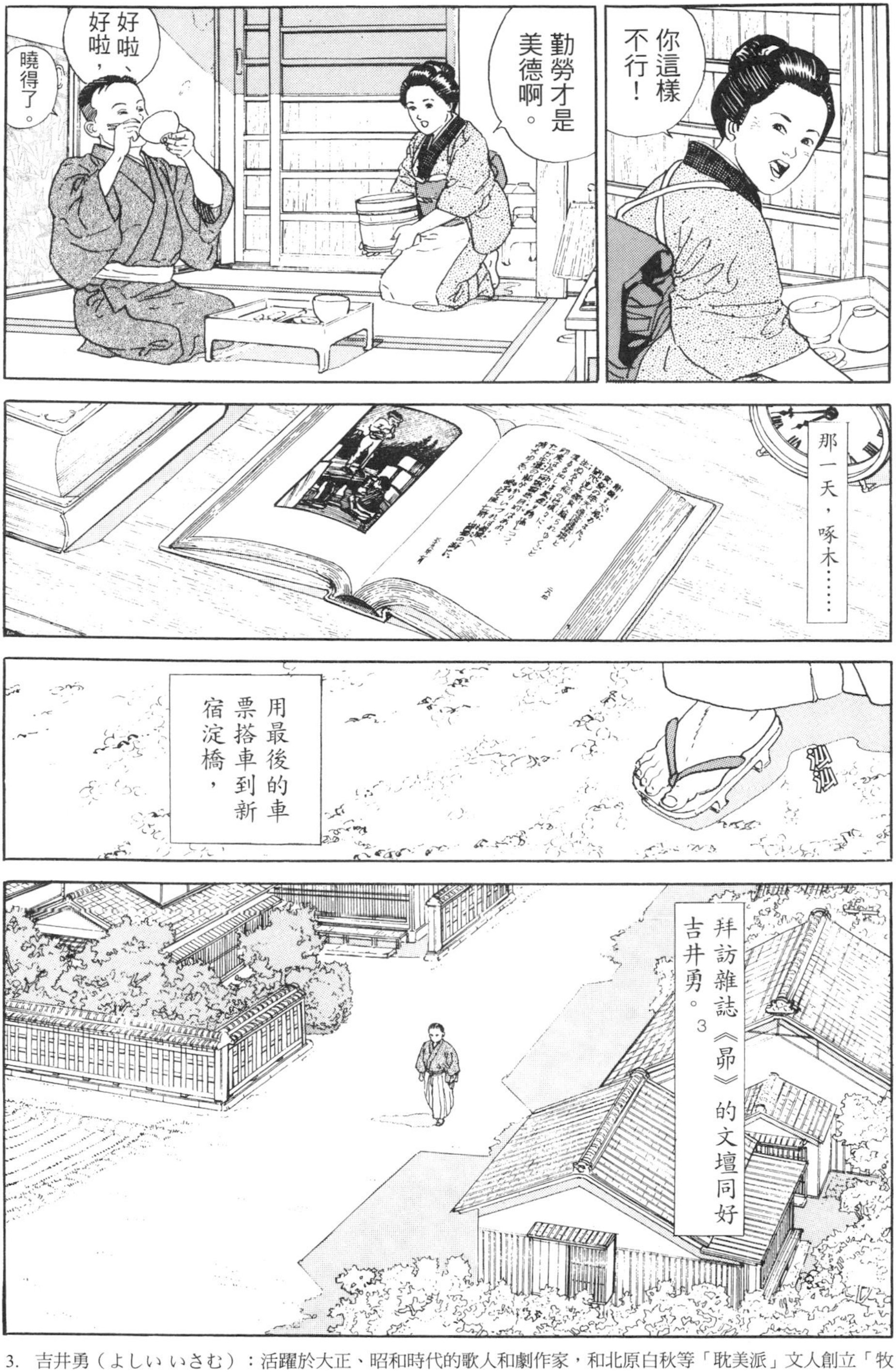

3. 吉井勇（よしい いさむ）：活躍於大正、昭和時代的歌人和劇作家，和北原白秋等「耽美派」文人創立「牧羊神會」。

一年前電車路線終於延伸到淀橋，東京市郊的景致在明治末年仍是一片靜謐，
這裡在八十年後，蓋起了一棟又一棟玻璃和鋼筋水泥的摩天大樓。
自從二月舉辦「牧羊神會」後，就沒見過你了，
沒錯吧？
號稱「牧羊神會」，
沒想到只是在要猴戲罷了。

4. 北原白秋（きたはら はくしゅう）：日本詩人、歌人及童謠作家，出身於熊本縣玉名郡的富有商家，明治41（1908）年加入「牧羊神會」，撰寫唯美風格的象徵主義新詩，隔年出版詩集處女作《邪宗門》。

咚
到最後，啄木還是不好意思開口跟吉井勇借錢。
喀噠
反倒是……
在虛張聲勢的吉井勇身上，看到和自己內在同樣的缺點，使他煩悶不已。

回程的路上，
咚咚
咚
轟隆
他又被裝扮成紳士模樣的扒手，別名裁縫屋銀次的富田銀藏給摸清錢包底細，
轟隆
窮到這種程度，真叫人吃驚。
咚
咚

讀完白秋的《邪宗門》，啄木的感想如下——
闔上
唉，
看來很難跟北原借錢了啊。
真倒楣！
這本書雖然是「易風社發行」，啄木明白那其實是自費出版的。
得花上二百圓左右吧？
加上封面燙金和書口的金粉，還得再花五十圓……

答
答
答
大概纏著老家出錢印書吧？
答
二百五十圓，是啄木在朝日新聞社月薪的十倍之多。
不過，北原的用字遣詞還真厲害，
啄木讚嘆著白秋作詩詞藻豐富，
他認為自己缺少對方那種華麗而成熟的文才。

我有什麼樣的才能，
到底又能做些什麼呢？

第二章

刮鬍子

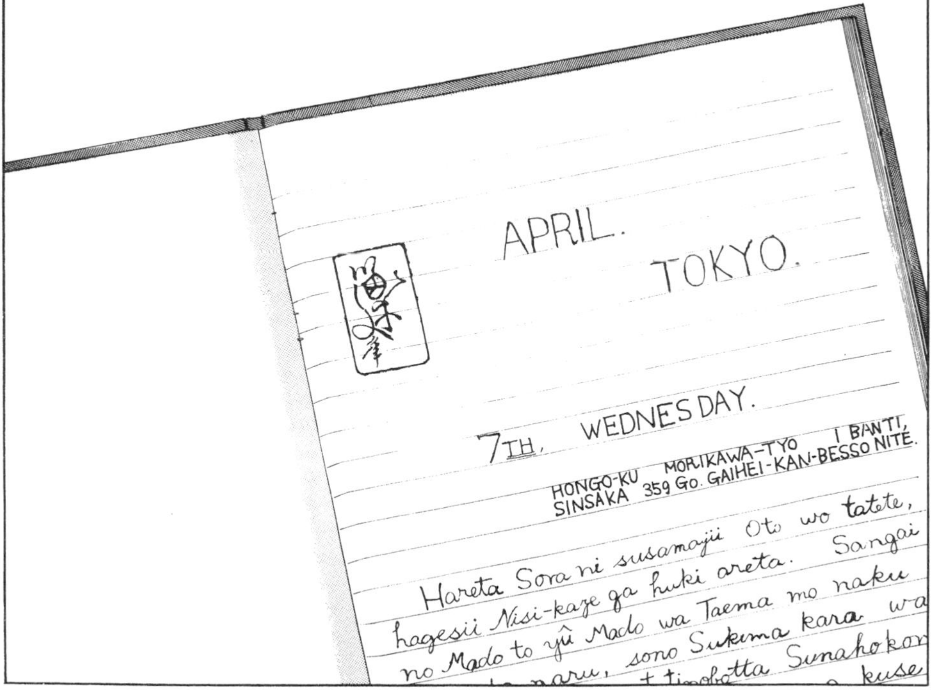
APRIL.
TOKYO.
7TH, WEDNESDAY.
HONGO-KU MORIKAWA-TYO 1 BANTI,
SINSAKA 359 Go. GAIHEI-KAN-BESSO NITE.
Hareta Sora ni susamajii Oto wo tatete,
hagesii Nisi-kaze ga huki areta. Sangai
no Mado to yû Mado wa Taema mo naku

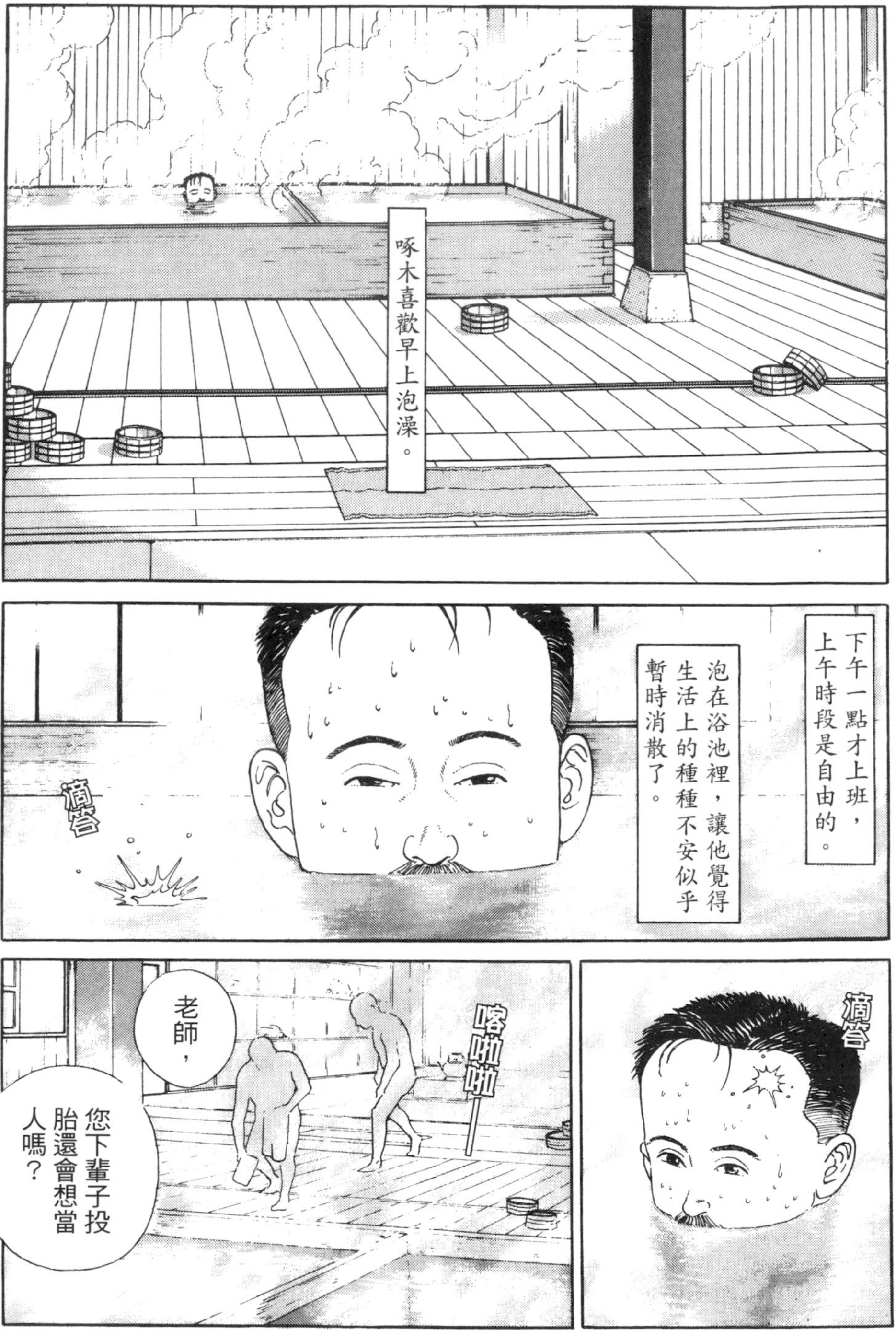
啄木喜歡早上泡澡。
下午一點才上班，上午時段是自由的。
泡在浴池裡，讓他覺得生活上的種種不安似乎暫時消散了。
滴答
滴答
喀啦啦
老師，
您下輩子投胎還會想當人嗎？

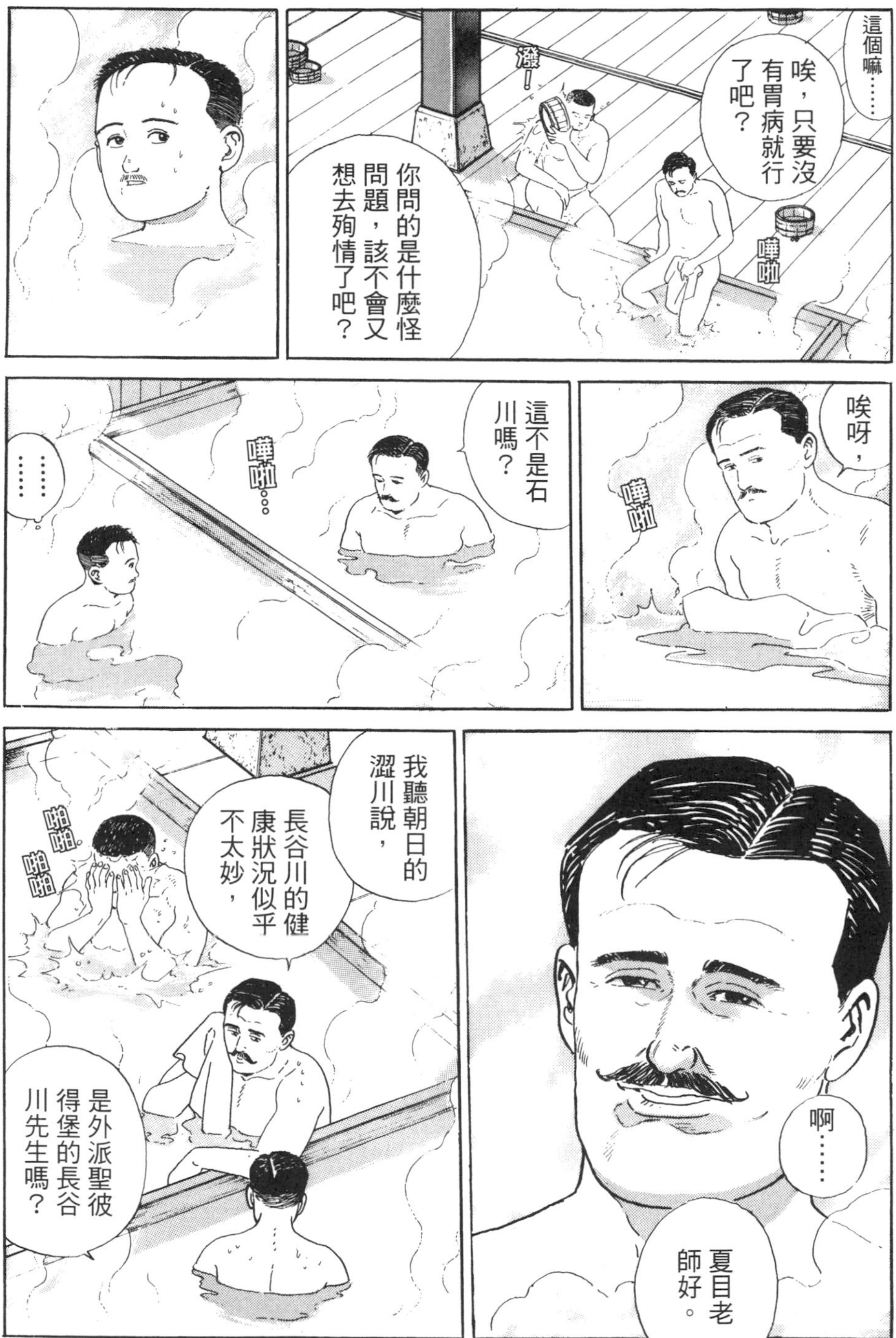
這個嘛……
唉，只要沒有胃病就行了吧？
潑！
嘩啦
你問的是什麼怪問題，該不會又想去殉情了吧？
唉呀，
嘩啦
這不是石川嗎？
嘩啦。。。
……
啊……
夏目老師好。
我聽朝日的澀川說，
長谷川的健康狀況似乎不太妙，
啪啪。
啪啪
是外派聖彼得堡的長谷川先生嗎？

1. 二葉亭四迷（ふたばてい しめい，1864-1909）：本名長谷川辰之助，日本的小說家、翻譯家。

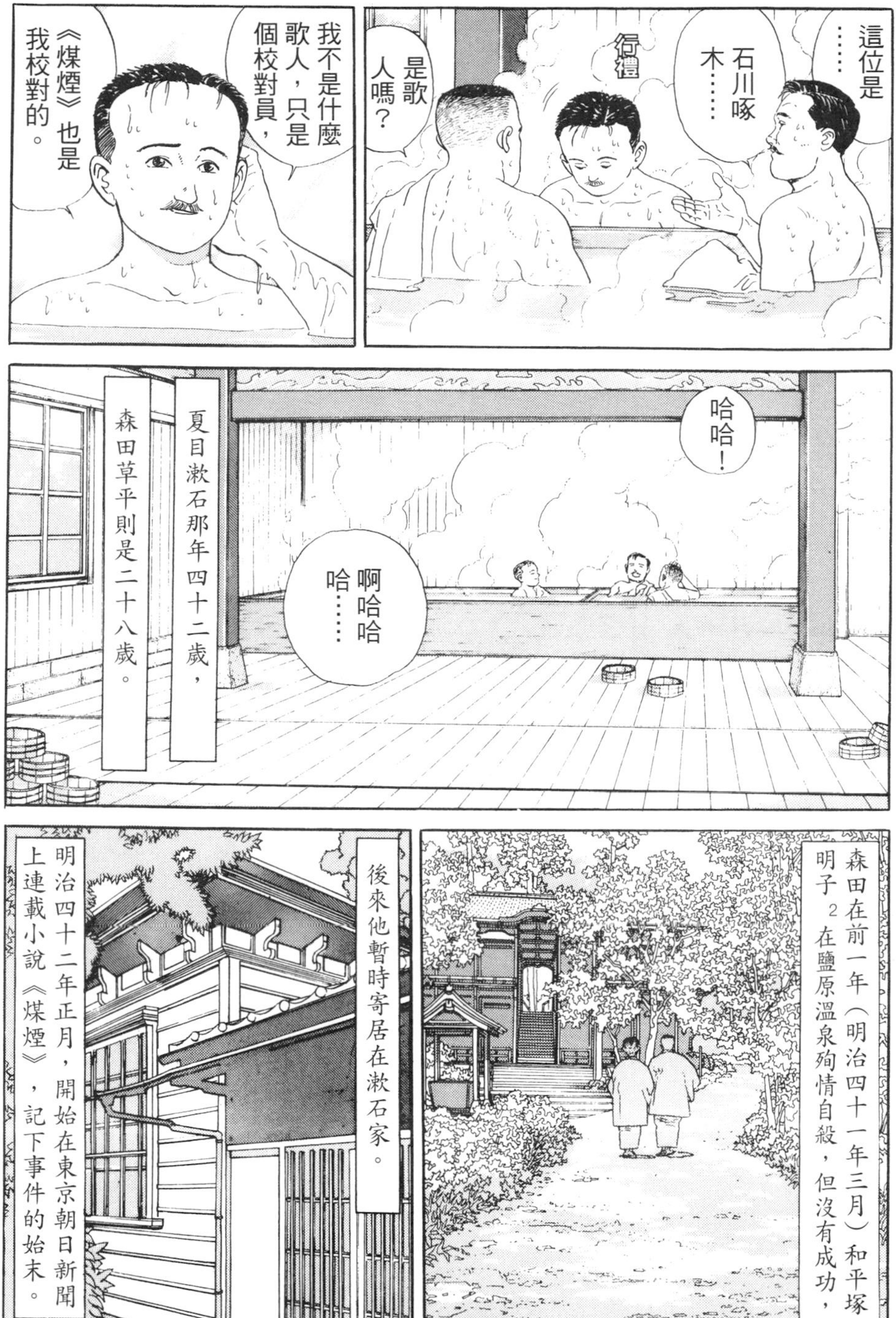

2. 平塚雷鳥（ひらつか らいちょう，1886-1971）：本名平塚明子，日本的思想家、評論家、作家及知名女權主義者。明治 44 年 9 月與 多位女性作家共同創辦文藝組織「青鞜社」。

明治三十九年三月，森田和明子的戀情劃上句點，傷心欲絕地回故鄉，
正確地說，是東京警視廳負責外務的伊集院影韶警視把明子給搶走了。
又過了一年，
明治四十年的春天，
森田賣掉父親留給他的最後一塊田地，再次來到東京。

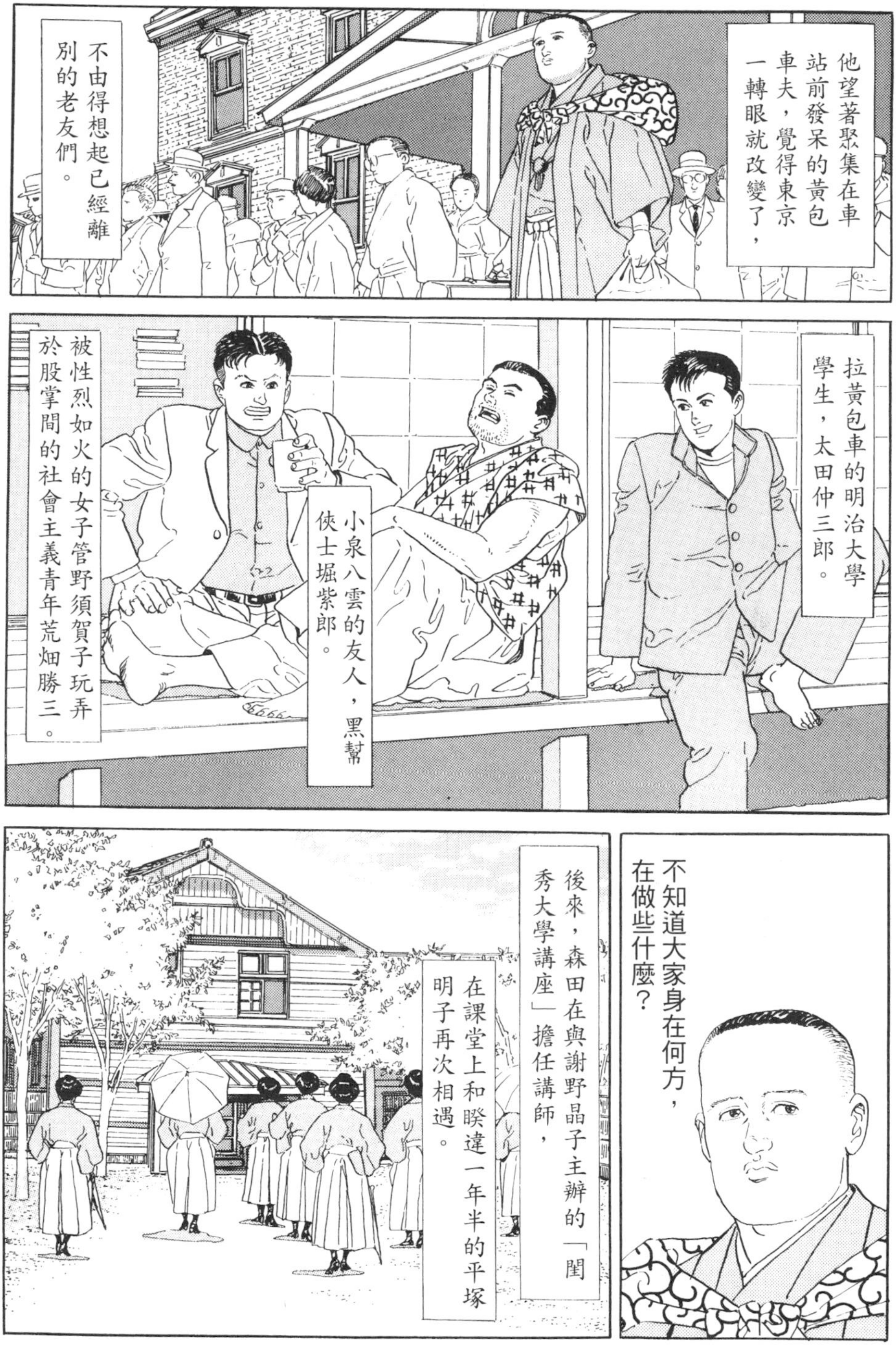
他望著聚集在車站前發呆的黃包車夫，覺得東京一轉眼就改變了，
不由得想起已經離別的老友們。
拉黃包車的明治大學學生，太田仲三郎。
小泉八雲的友人，黑幫俠士堀紫郎。
被性烈如火的女子管野須賀子玩弄於股掌間的社會主義青年荒畑勝三。
不知道大家身在何方，在做些什麼？
後來，森田在與謝野晶子主辦的「閨秀大學講座」擔任講師，
在課堂上和睽違一年半的平塚明子再次相遇。

3. 堺利彥（さかい としひこ）：號枯川，日本社會主義者、思想家、作家。創立平民社並發行週刊《平民新聞》，並與幸德秋水依據英文譯文共同翻譯馬克思的《共產黨宣言》，是《共產黨宣言》最早的日語譯本。

4. 山川均（やまかわ ひとし）：日本社會主義者。1900 年因發行《青年的福音》雜誌入獄。1906 年參加日本社會黨，編輯《平民新聞》雜誌。1907 年因赤旗事件被捕入獄。

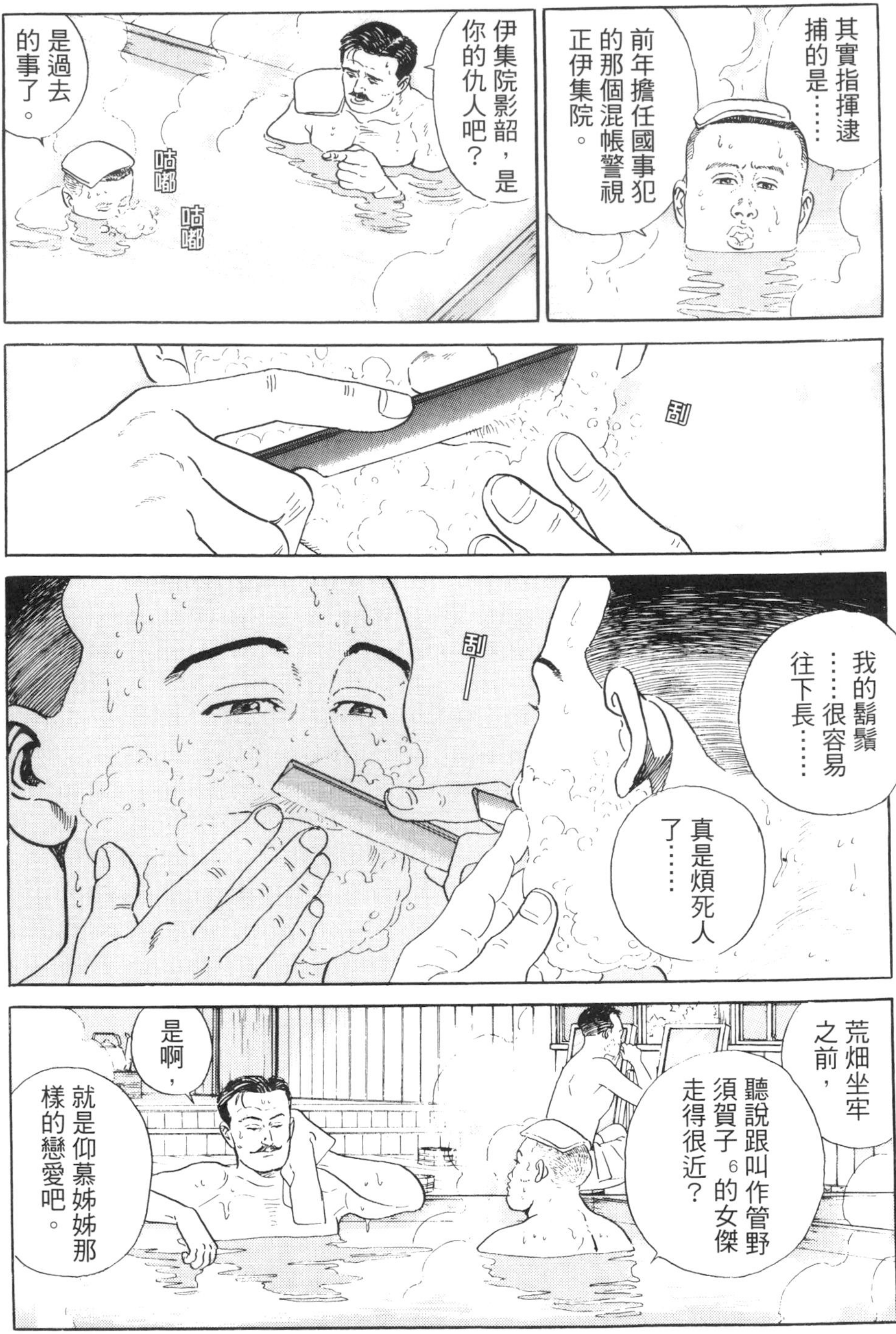
其實指揮逮捕的是……
前年擔任國事犯的那個混帳警視正伊集院。
伊集院影韶，是你的仇人吧？
咕嘟
咕嘟
是過去的事了。
刮
刮
我的鬍鬚……很容易往下長……
真是煩死人了……
荒畑坐牢之前，
聽說跟叫作管野須賀子6的女傑走得很近？
是啊，
就是仰慕姊姊那樣的戀愛吧。

5. 大杉榮（おおすぎ さかえ）：出身於軍人家庭的無政府主義者，明治、大正時代的社會運動家及思想家，多次因鼓吹群眾運動和演講而被捕。大正 12（1923）年 9 月遭憲兵隊逮捕後死於東京憲兵本部，享年 39 歲。

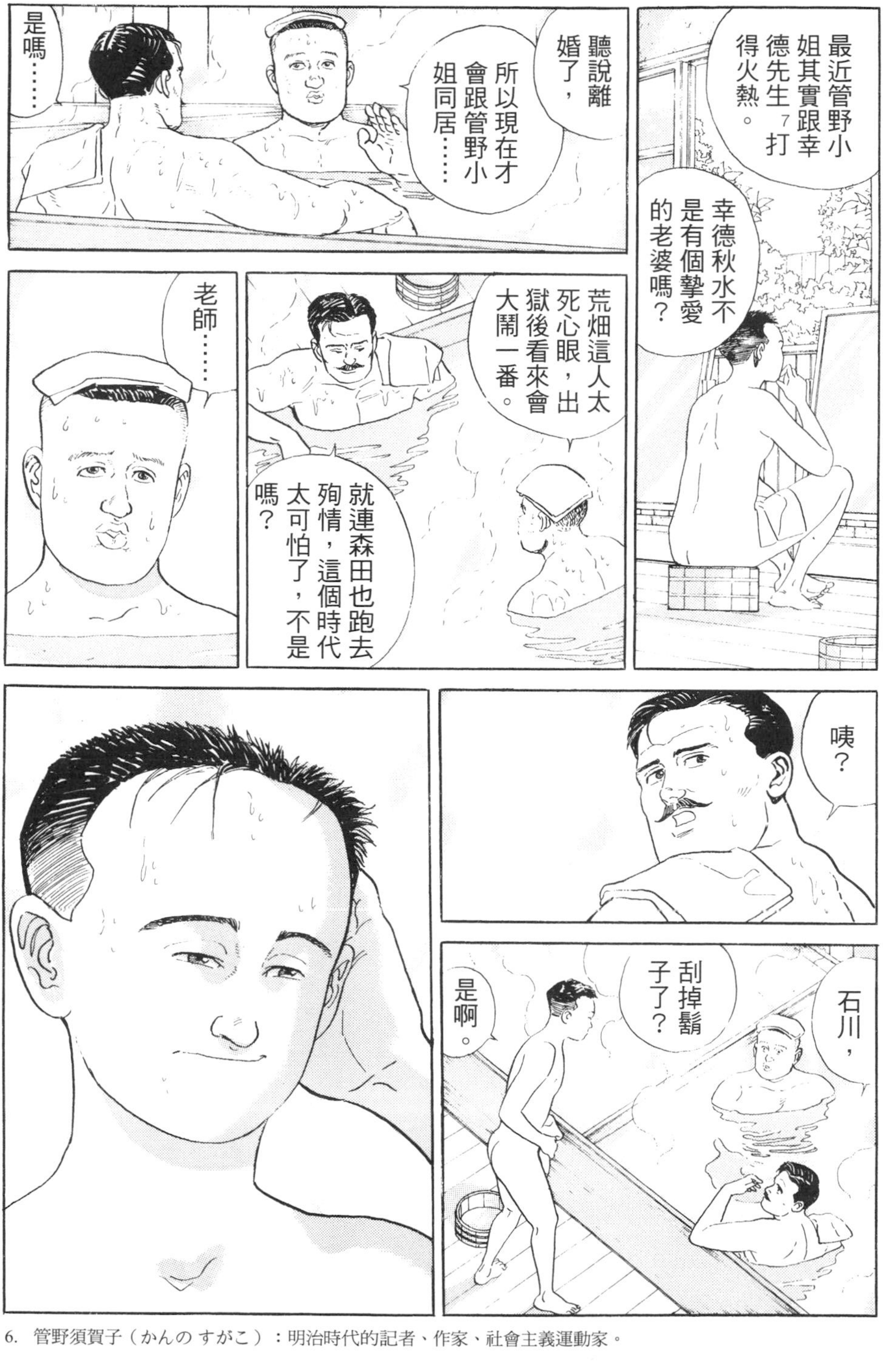
最近管野小姐其實跟幸德先生[7]打得火熱。
聽說離婚了，
所以現在才會跟管野小姐同居……
是嗎……
幸德秋水不是有個摯愛的老婆嗎？
荒畑這人太死心眼，出獄後看來會大鬧一番。
就連森田也跑去殉情，這個時代太可怕了，不是嗎？
老師……
咦？
石川，
刮掉鬍子了？
是啊。

6. 管野須賀子（かんの すがこ）：明治時代的記者、作家、社會主義運動家。

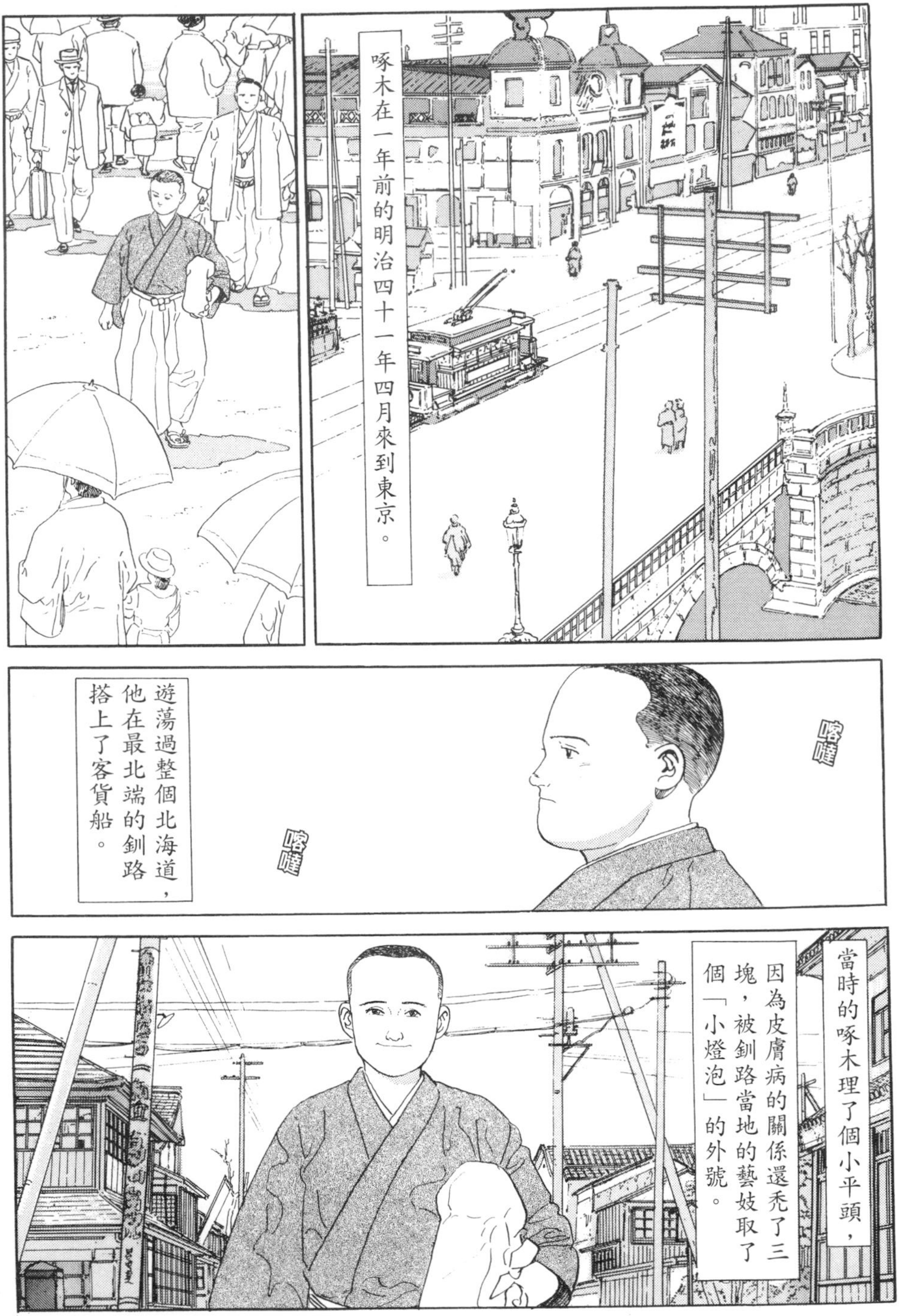
啄木在一年前的明治四十一年四月來到東京。
遊蕩過整個北海道，他在最北端的釧路搭上了客貨船。
喀噠
喀噠
當時的啄木理了個小平頭，
因為皮膚病的關係還禿了三塊，被釧路當地的藝妓取了個「小燈泡」的外號。

7. 幸德秋水（こうとく しゅうすい，1871-1911）：本名幸德傳次郎，明治時代的記者、思想家、社會主義者、無政府主義者，與堺利彥共同翻譯發表《共產黨宣言》，並創設日本社會黨。

轟！
抵達東京半年後的十月四日，啄木和同鄉學長金田一京助合拍了一張照片，與其說這張照片人盡皆知，不如說大家其實只知道這張肖像，
照片上的啄木神清氣爽，在後世日本人的心中留下「抒情和歌詩人」的刻板印象。

一直到啄木死去的這三年半時間，他沒有再留下任何一張照片。

東京朝日新聞社
泡完澡的啄木，趁著春暖花開的氣息去上班。
呼。

瞪
啊，
你又來啦。
真的這麼困難嗎？
是，
這個……畢竟……
那……
想預支多少？
二十……
不，十八圓就好。

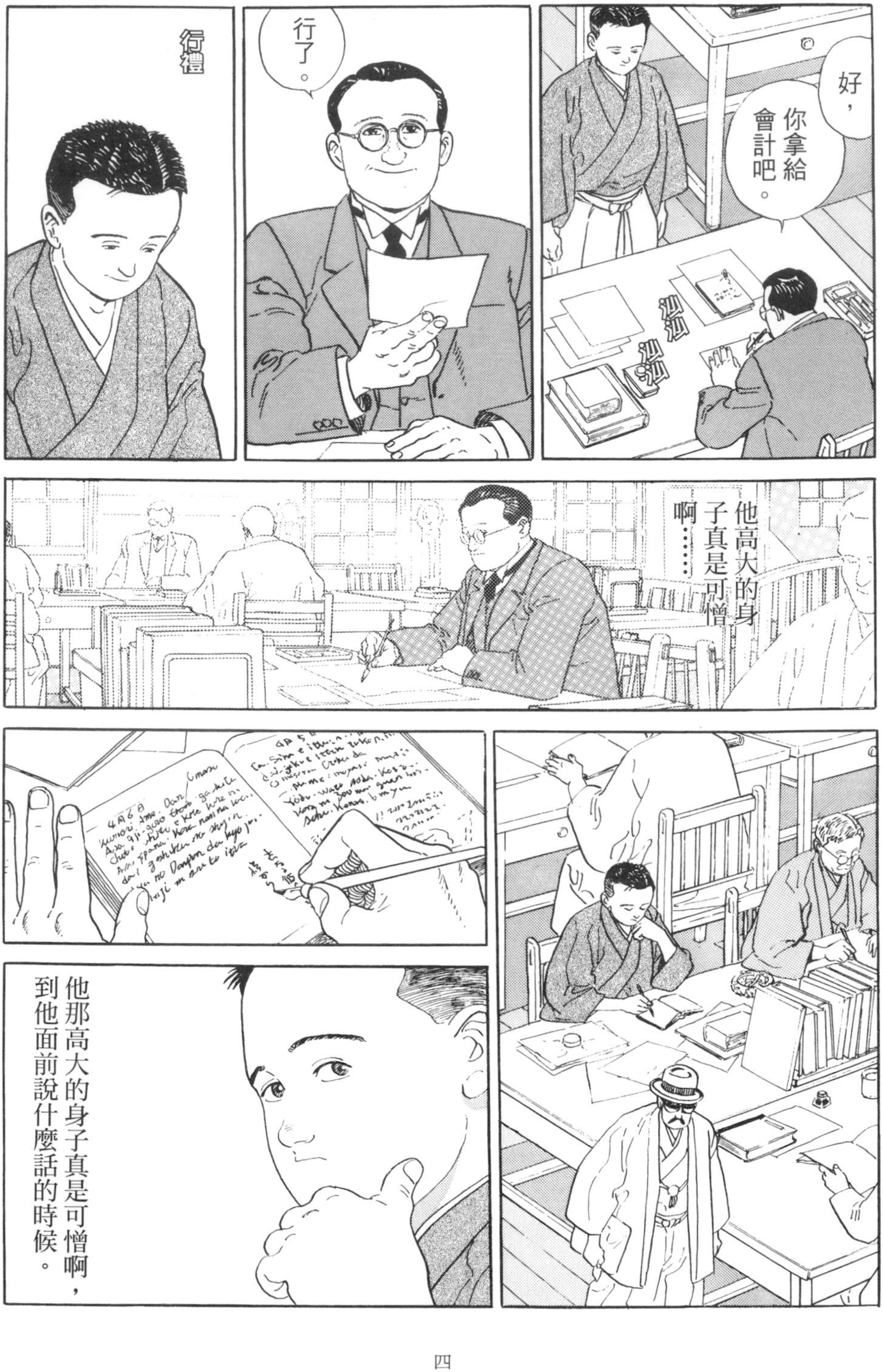

好，你拿給會計吧。
沙沙
沙沙
行了。
行禮
他高大的身子真是可憎啊……
他那高大的身子真是可憎啊，到他面前說什麼話的時候。

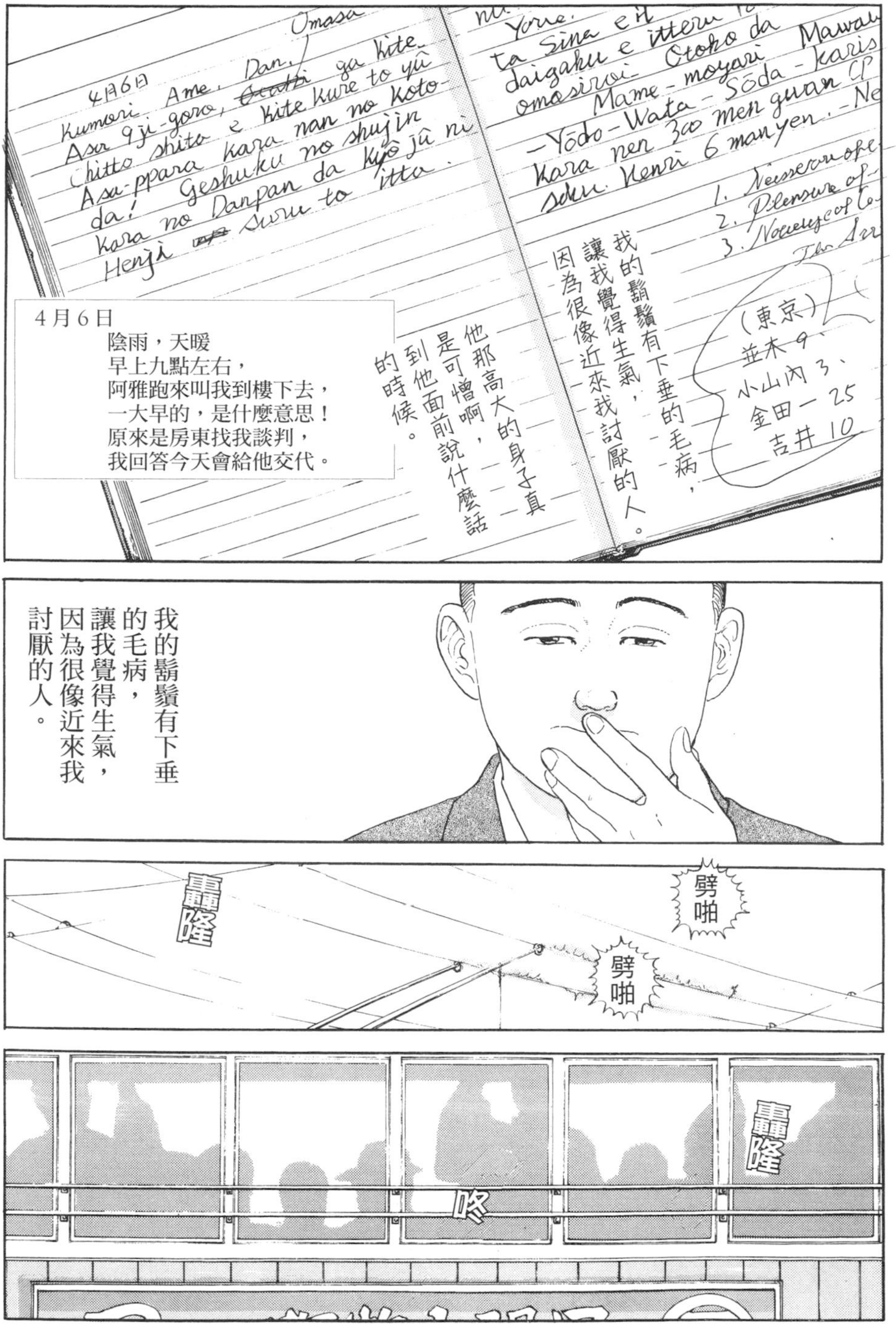
（東京）
並木 9、
小山内 3、
金田一 25
吉井 10
我的鬍鬚有下垂的毛病，讓我覺得生氣，因為很像近來我討厭的人。
他那高大的身子真是可憎啊，到他面前說什麼話的時候。
4月6日
陰雨，天暖
早上九點左右，
阿雅跑來叫我到樓下去，
一大早的，是什麼意思！
原來是房東找我談判，
我回答今天會給他交代。
我的鬍鬚有下垂的毛病，讓我覺得生氣，因為很像近來我討厭的人。
轟隆
劈啪
劈啪
轟隆
咚

轟隆
轟隆
轟隆
老是會碰到他……
轟隆
電車上……這個矮小的男子……
叮！
叮
劈啪

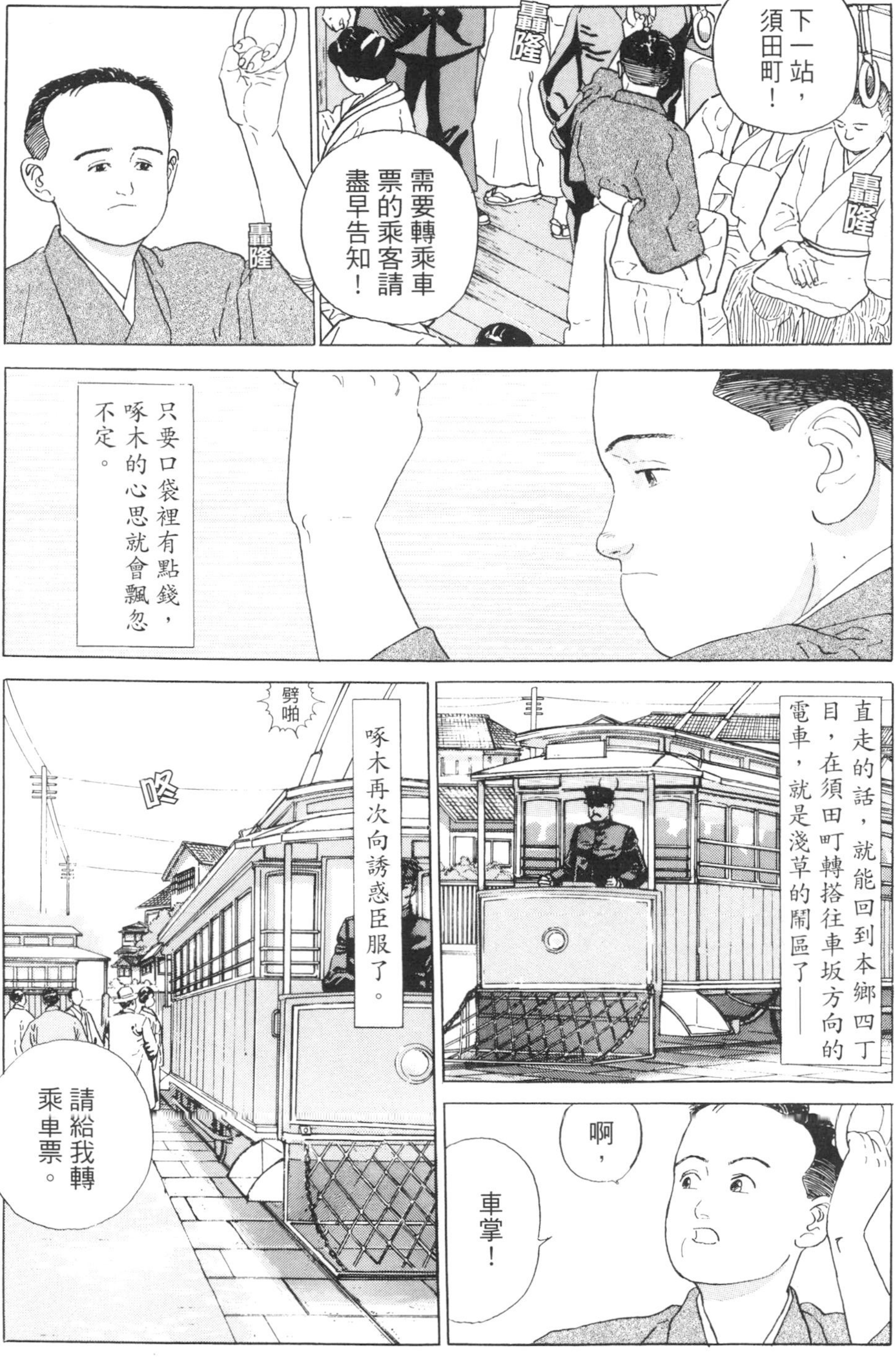
轟隆
下一站，須田町！
轟隆
需要轉乘車票的乘客請盡早告知！
轟隆
只要口袋裡有點錢，啄木的心思就會飄忽不定。
直走的話，就能回到本鄉四丁目，在須田町轉搭往車坂方向的電車，就是淺草的鬧區了——
啊，
車掌！
劈啪
咚
啄木再次向誘惑臣服了。
請給我轉乘車票。

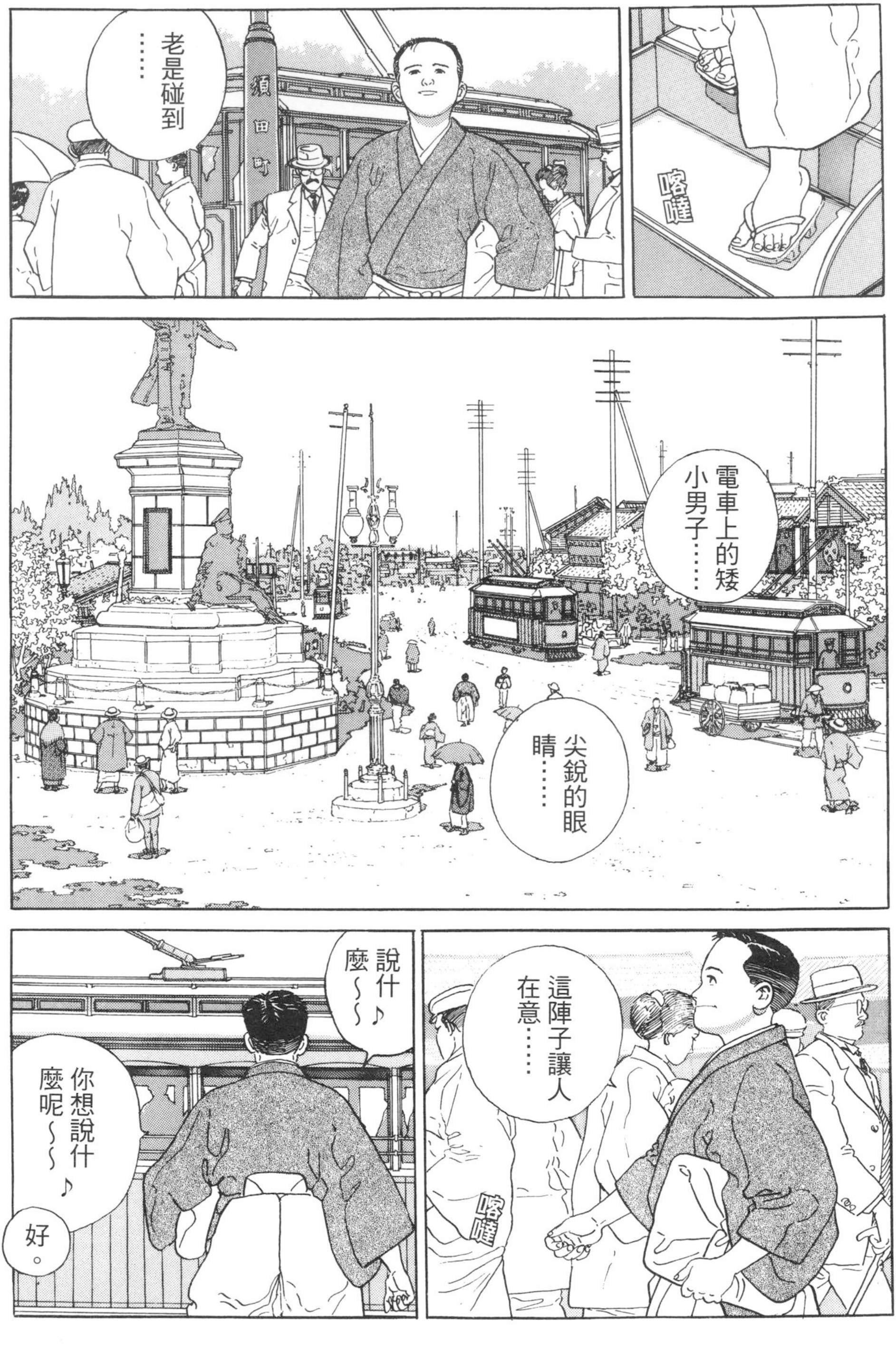
喀噠
須田町
老是碰到……
電車上的矮小男子……
尖銳的眼睛……
這陣子讓人在意……
喀噠
說什麼～～♪
你想說什麼呢～～♪
好。

第三章

在淺草嘈雜的夜晚之中

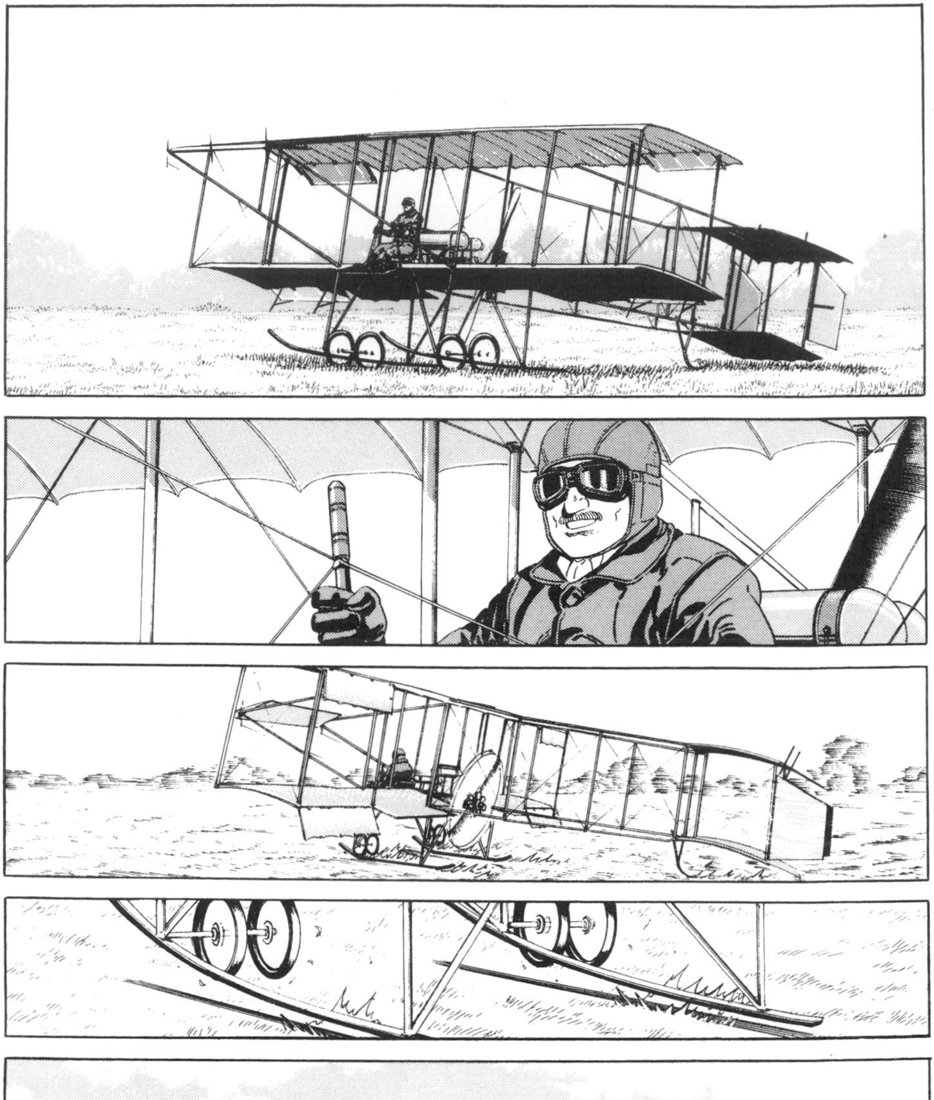

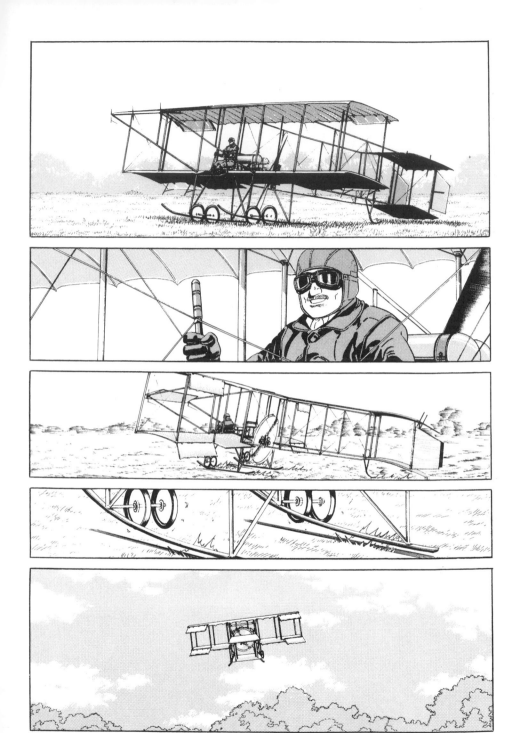

那晚啄木拿到預支的薪水，立刻跑到淺草去。
咔
咔
咔
咔
先去看了電影。

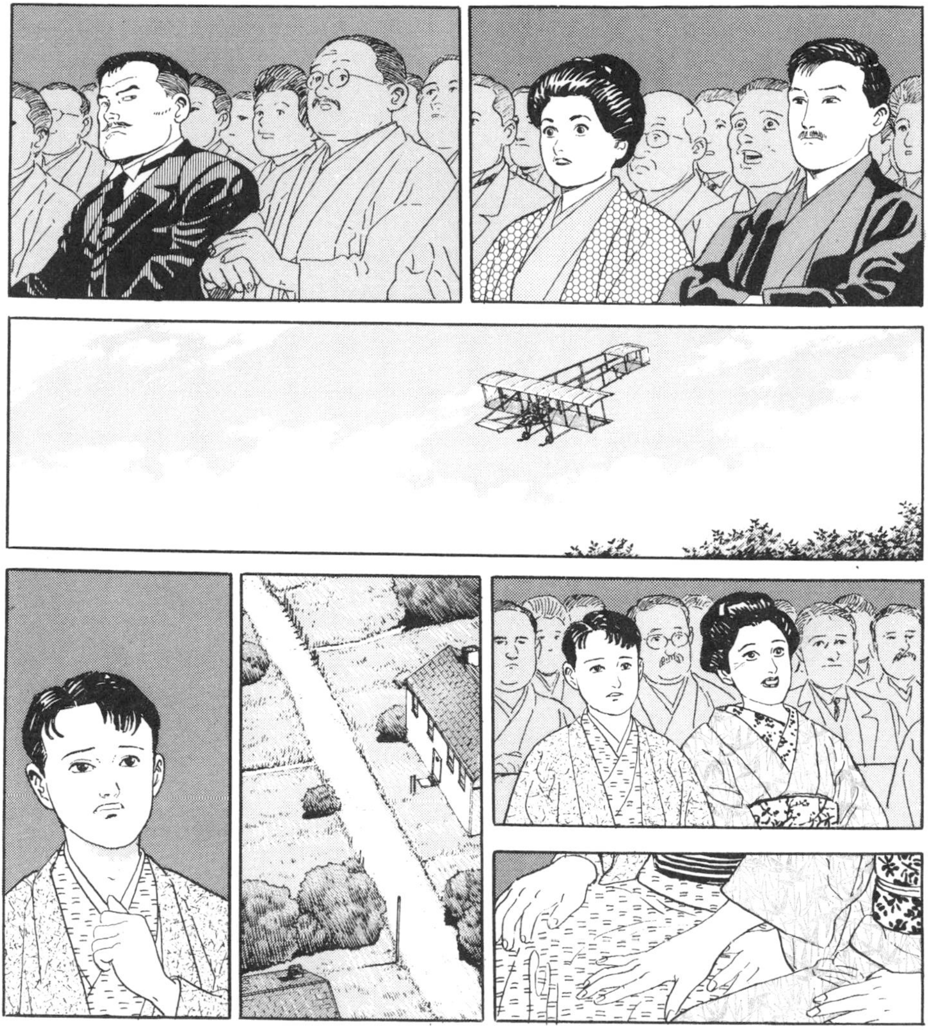
吱嘎

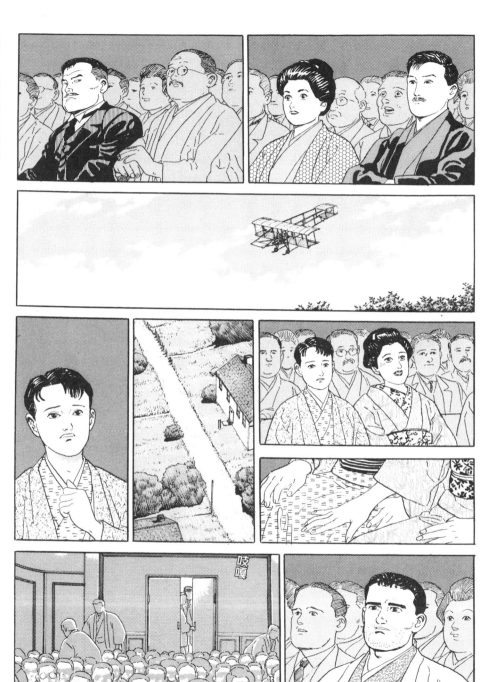

啊……
呃呃…
哇！
啊呀！

啊，
喔——
哇……
各位欣賞之後，有什麼感想呢？
新世紀的智慧結晶，輕快又自在的飛機，
操縱的技術更是妙不可言。

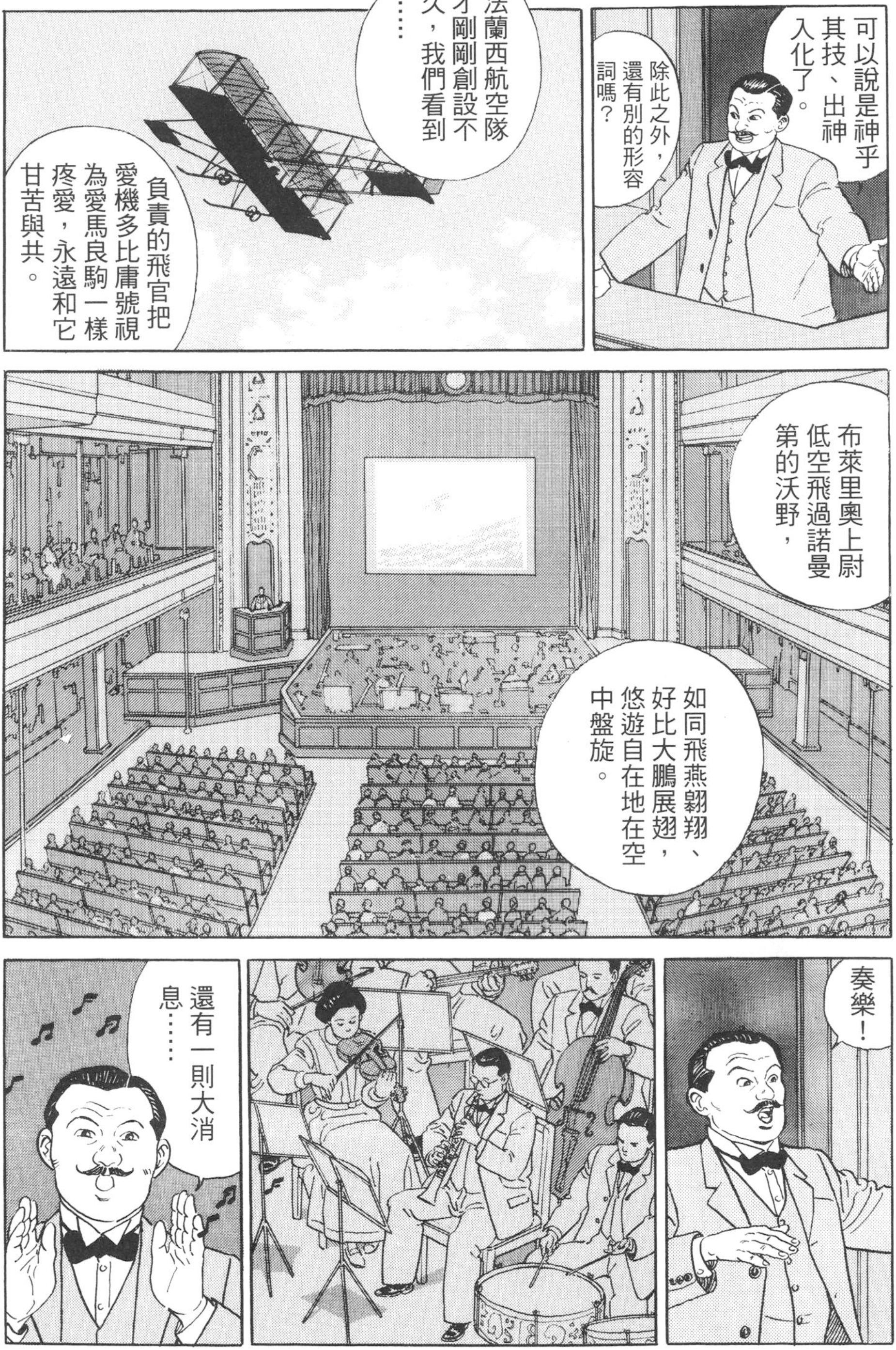
可以說是神乎其技、出神入化了。
除此之外，還有別的形容詞嗎？
法蘭西航空隊才剛剛創設不久，我們看到……
負責的飛官把愛機多比庸號視為愛馬良駒一樣疼愛，永遠和它甘苦與共。
布萊里奧上尉低空飛過諾曼第的沃野，
如同飛燕翱翔、好比大鵬展翅，悠遊自在地在空中盤旋。
奏樂！
還有一則大消息……

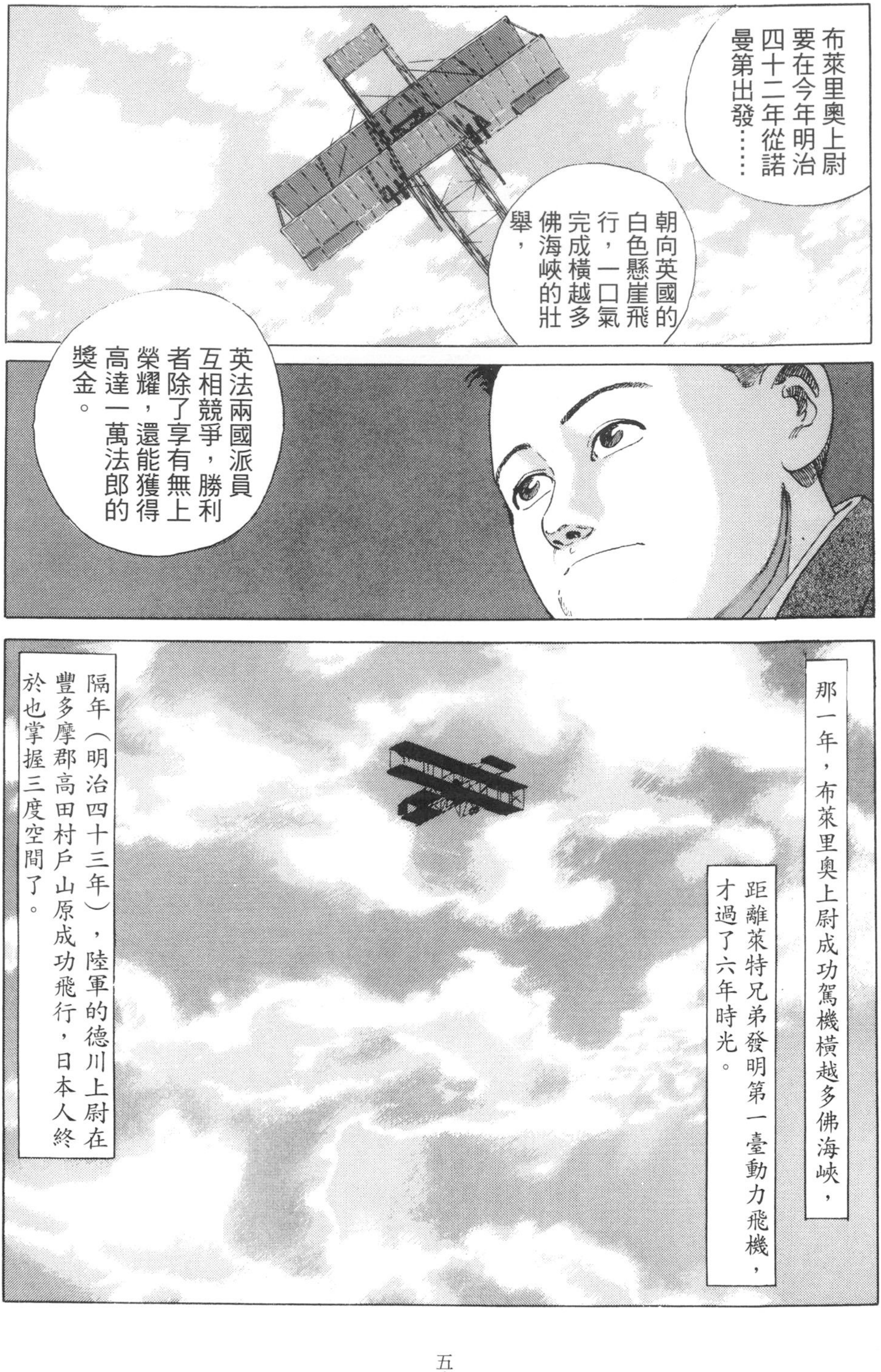
布萊里奧上尉要在今年明治四十二年從諾曼第出發……
朝向英國的白色懸崖飛行，一口氣完成橫越多佛海峽的壯舉，
英法兩國派員互相競爭，勝利者除了享有無上榮耀，還能獲得高達一萬法郎的獎金。
那一年，布萊里奧上尉成功駕機橫越多佛海峽，
距離萊特兄弟發明第一臺動力飛機，才過了六年時光。
隔年（明治四十三年），陸軍的德川上尉在豐多摩郡高田村戶山原成功飛行，日本人終於也掌握三度空間了。

各位請看！
飛機融入蒼穹之中，
和青出於藍的天空比肩了。

叼起
啄木並不知道，那位少年是中野新井藥師的餐廳「吉田屋」的少爺，
他名叫石田吉藏，那年虛歲十五歲。
這孩子真是少年老成。
簡直像一對姊弟……
呼……

東京也有這樣的人啊。
由於資質和環境使然，少年非常早熟，還有一點被虐狂傾向，
後來又過了二十七年，他被名叫阿部定的妖豔女子給勒死了。
喀噠
喀噠
唉呀……
那個人，
不是幸德秋水先生嗎？
啄木看過幸德秋水的照片，知道他的長相，卻不認識他的女伴。
她正是管野須賀子。
管野須賀子的戀人荒畑勝三正在獄中服刑——但管野本人未必把他視為自己的情人。
……

那時，須賀子和秋水在千馱谷同居，
他們在明治四十二年四月還是革命同志，關係跟老師與祕書沒兩樣。
咚！
搖晃
喀
啪答
啊，
唉呀，抱歉！
沒事。
掏出
兩人偶然相撞，這個扒手反射地扒了他。
身手老練的裁縫屋銀次，
除了神乎其技，還有別的形容詞嗎？
真對不起啊！
走路小心點。
我跟你賠不是。

我畢竟在趕路啊。
輕放
銀次。
唉呀，大人！
勞煩您專程跑到這種不入流的地方來。
快點。
好！
不知道是家人寄錢來，還是借到錢了，
要隨時留意自己的錢包啊。
……
……

老弟，你用這個吧！
啊……
多謝了。
老弟，
你知道那傢伙是誰嗎？
那個留鬍子的男人？不認識。
拉扯
拉扯
他是伊集院影韶，警視廳負責取締國事犯的警視正。
國事犯就是……社會主義者嗎？
……幸德先生被他盯上了？
他是個惹人厭的傢伙，腦筋很好，
柔道也挺厲害。
你也要小心點。

當時十二層樓的凌雲閣底下有如一片魔窟。
小哥，
來嘛！
你長得真好看，
唉，書生啊，
來嘛，來這邊。
喂！高額頭的，
……
我們快要關店了，
可以算便宜點。
小哥啊，
來看看嘛！
啄木本來就打算來淺草找樂子，現在卻覺得自己很悲哀。

四月七日——
颯颯颯颯
喀啦
喀啦
喀啦
四月七日
四月七日 預支薪水十八圓，付房租十圓，買香菸一圓六十錢，電車票二十張七十錢，到淺草看畫片四十錢，在淺草做生理上的浪費一元三十錢。
在淺草做生理上的浪費
沙沙 沙沙
這麼算來，啄木在四月二十五日之前只剩五圓三十錢生活，得靠這點錢撐過十八天。
喀啦
喀啦
喀啦

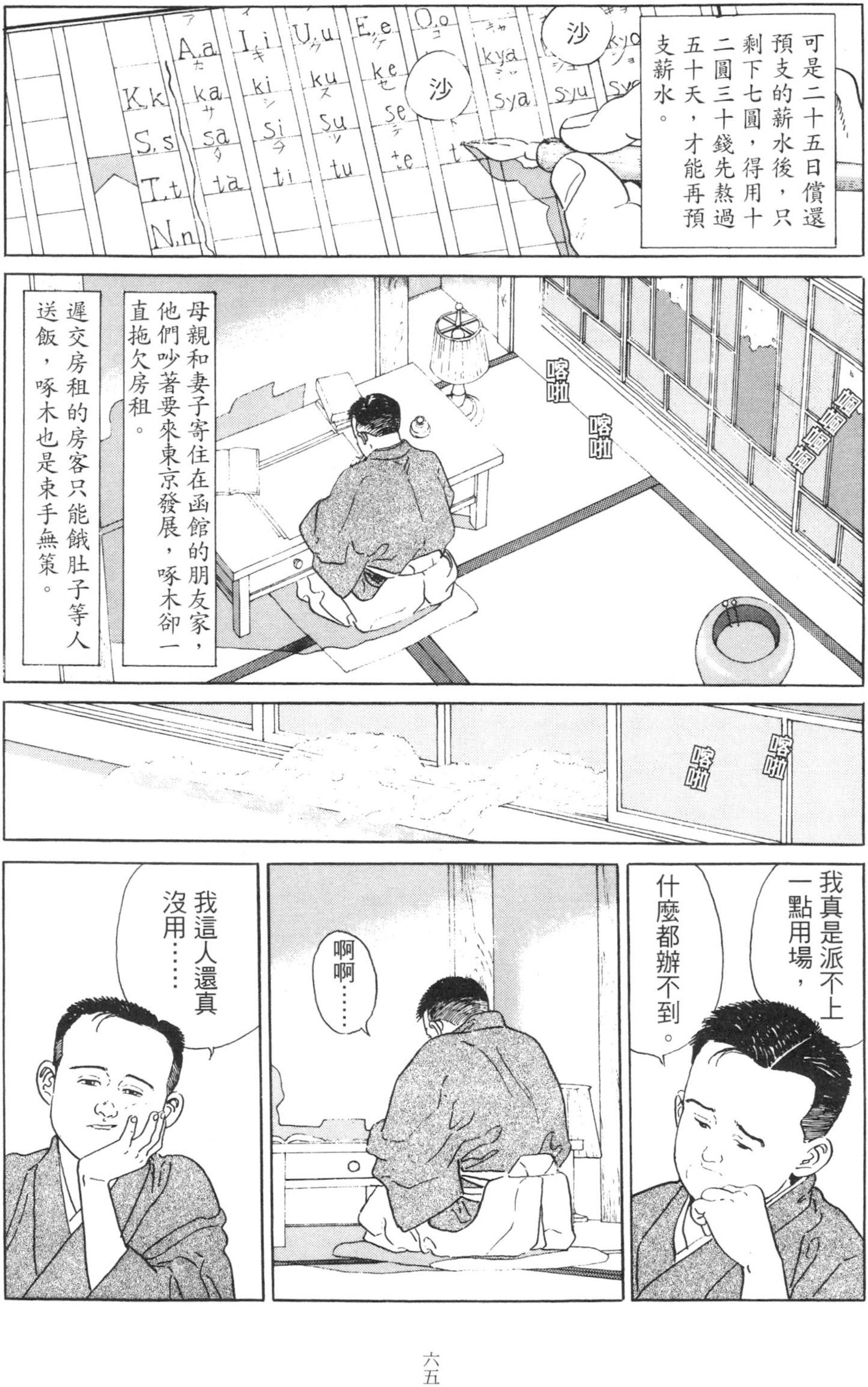
可是二十五日償還預支的薪水後，只剩下七圓，得用十二圓三十錢先熬過五十天，才能再預支薪水。
沙
沙
嗝嗝嗝嗝
喀啦
喀啦
母親和妻子寄住在函館的朋友家，他們吵著要來東京發展，啄木卻一直拖欠房租。
遲交房租的房客只能餓肚子等人送飯，啄木也是束手無策。
喀啦
喀啦
我真是派不上一點用場，
什麼都辦不到。
啊啊……
我這人還真沒用……

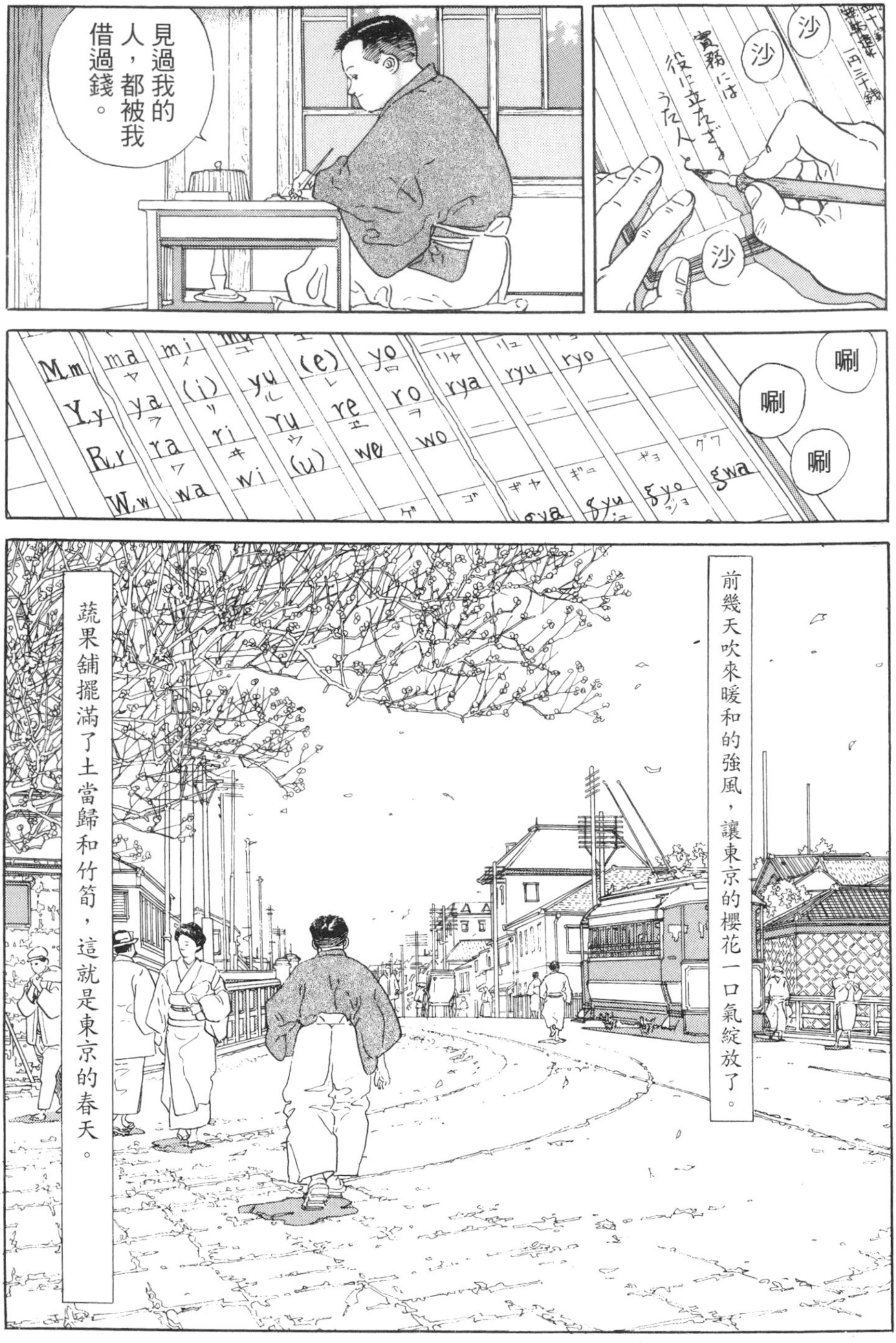
沙
沙
沙
見過我的人，都被我借過錢。
唰
唰
唰
前幾天吹來暖和的強風，讓東京的櫻花一口氣綻放了。
蔬果舖擺滿了土當歸和竹筍，這就是東京的春天。

第四章

借貸王啄木

明治四十一年九月十一日 啄木從蓋平館三樓遠眺窗外所畫的素描

1. 宮崎郁雨（みやざき いくう）：本名宮崎大四郎，啄木妻子節子的妹夫，陸軍炮兵上尉，歌人。家中經營味噌醬油釀造業，也是啄木一家經濟的最大援助者。

咚
咚
石川先生，
今天要借書嗎？
你又來啦。
昨天不是才來過？
我還沒讀完呢。
石川先生不是很喜歡香豔的情色故事嗎？
我找到一本精采的，特地拿給您瞧瞧！
什麼情色豔譚……
我才不喜歡。
太沉迷對身體不好喔。
我是為了研究小說才看的。
是嗎？
為了研究，再讀一本吧！
唉呀，
你把《花兒朦朧夜》用羅馬拼音抄下來了？
……

啄木把租來的春宮豔譚《花兒朦朧夜》，
用羅馬拼音抄寫下來，一直忙到昨天深夜。
是想讓西洋人也嘗嘗睡不著覺的滋味嗎？
……
這本您覺得怎麼樣？
可是很香豔刺激的！
免了，
我現在手頭太緊了。
那算你六錢就好。
連區區六錢，
我也付不出來。
那…
報紙的連載剪貼，三錢就好。
每天都在報社讀這種連載小說，
看都看膩了。

啄木把全家人都留在函館。
多虧宮崎大四郎的好意，一家人交給對方來照顧。
遲早要把他們接來東京，但他前途茫茫，沒有任何指望。
喀噠
喀噠
這種情況……
讓啄木開始吟起短歌，
喀噠
或是，
質
松
屋
用性幻想和性事來逃避現實。
唉……

昨晚抄寫《花兒朦朧夜》時，他想起妻子節子，
他很想念節子的肉體。
轟隆
上野車坂
咚
咚
轟隆
轟隆
轟隆
轟隆
今天要上班嗎？
算了。
每當啄木對身為一家之主的重擔鬱悶不已，他就會搭上電車，
去鬧區漫無目的地閒逛。

過去我有好幾次我想一死了之，讓家人大吃一驚。
其實前幾天我用刀子抵住胸口，輕輕劃了一刀，
要不是金田一發現了阻止我，還不知道會怎麼樣。
一邊走，一邊想著該怎麼對宮崎解釋，然後再借點錢，
這成了啄木的另一種創作活動。
京子！
啊……

沙沙
家母說得一點也沒錯，
現在租來的房間只有三張半榻榻米大，怎麼能住得下母親、節子和京子三個人呢？
嘟嘟——!!
唉！真想搭上火車，就這樣
逃得遠遠的！
去沒人的海邊，
痛痛快快大哭一場。
砰！

宮崎，還請諒解。
上次寫的小說《鳥影》
一直沒賣出去，
本來想找北原幫忙週轉一下房租，
他自費出版《邪宗門》，意外花費了大筆鉅款。
房東逼我趕緊將所有欠款盡快繳清，
才剛去上班不久，就得預支薪水來交房租。
沙沙
今天房東又來催討，只好再預支十五圓，
這下連上班的車票都買不起了。

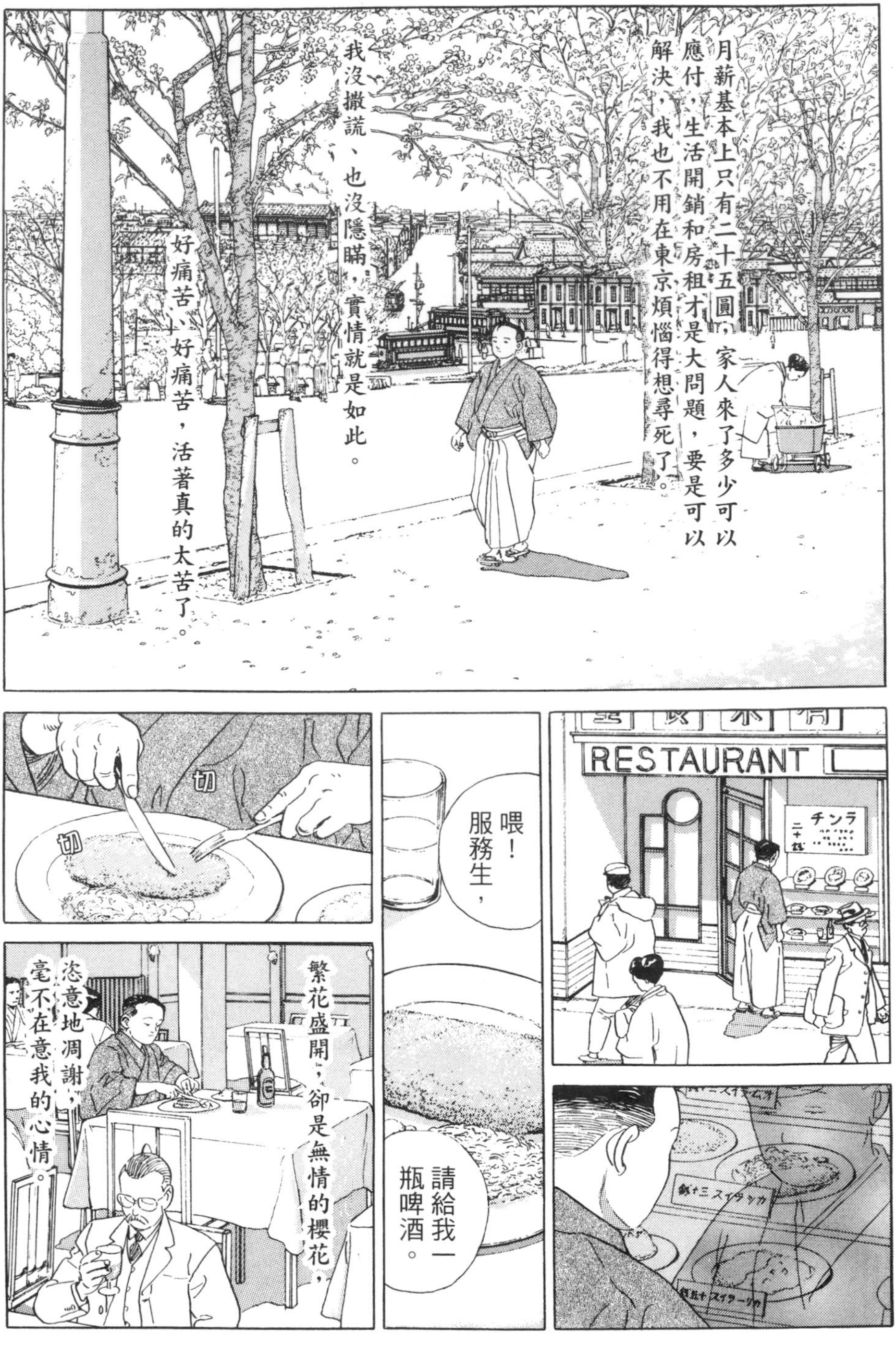
月薪基本上只有二十五圓，家人來了多少可以應付，生活開銷和房租才是大問題，要是可以解決，我也不用在東京煩惱得想尋死了。
我沒撒謊、也沒隱瞞，實情就是如此。
好痛苦、好痛苦，活著真的太苦了。
RESTAURANT
喂！服務生，
切
切
請給我一瓶啤酒。
繁花盛開，卻是無情的櫻花，
恣意地凋謝，毫不在意我的心情。

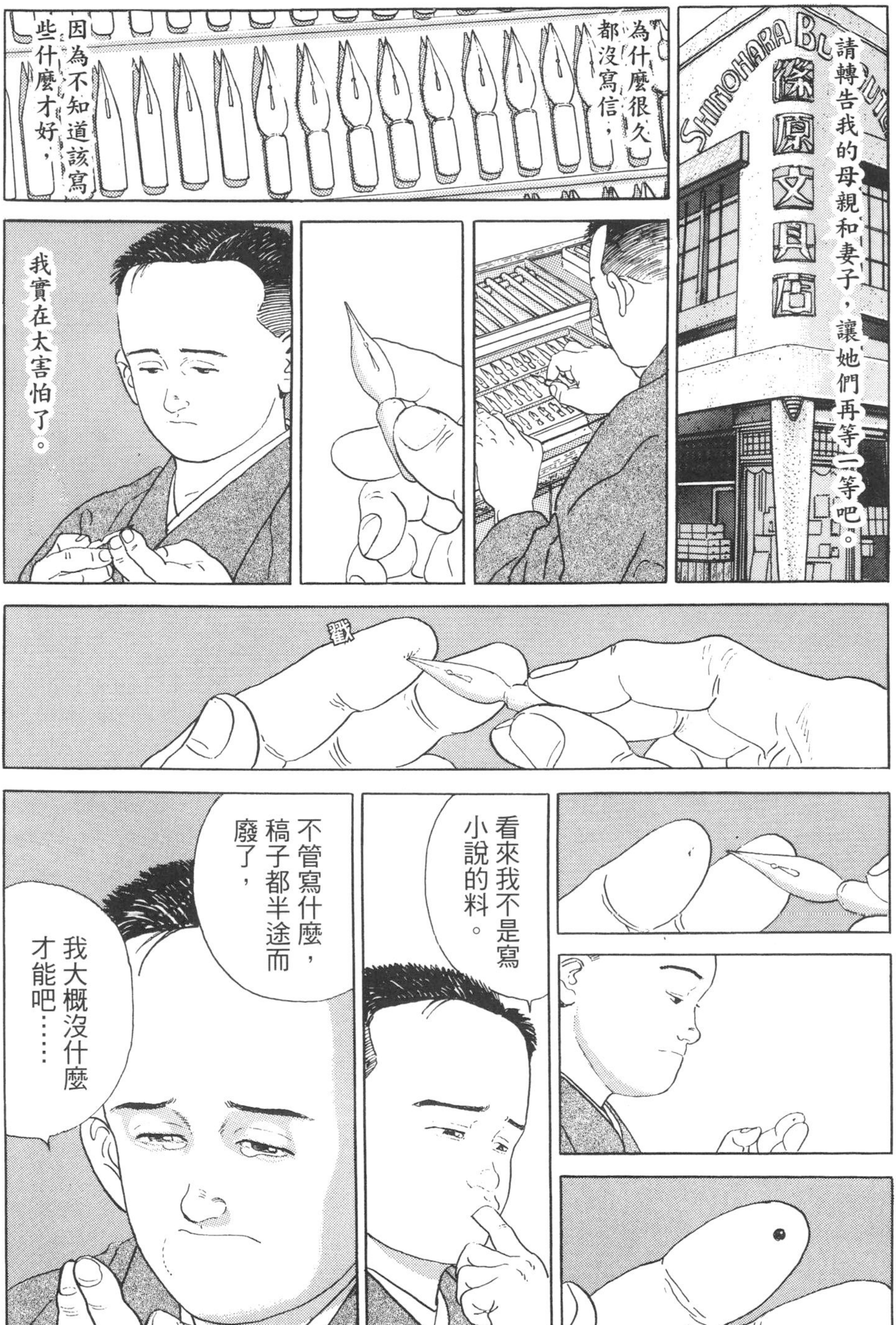
請轉告我的母親和妻子，讓她們再等一等吧。
為什麼很久都沒寫信，
因為不知道該寫些什麼才好，
SHINOHARA BUNGUTEN
篠原文具店
我實在太害怕了。
戳
看來我不是寫小說的料。
不管寫什麼，稿子都半途而廢了，
我大概沒什麼才能吧……

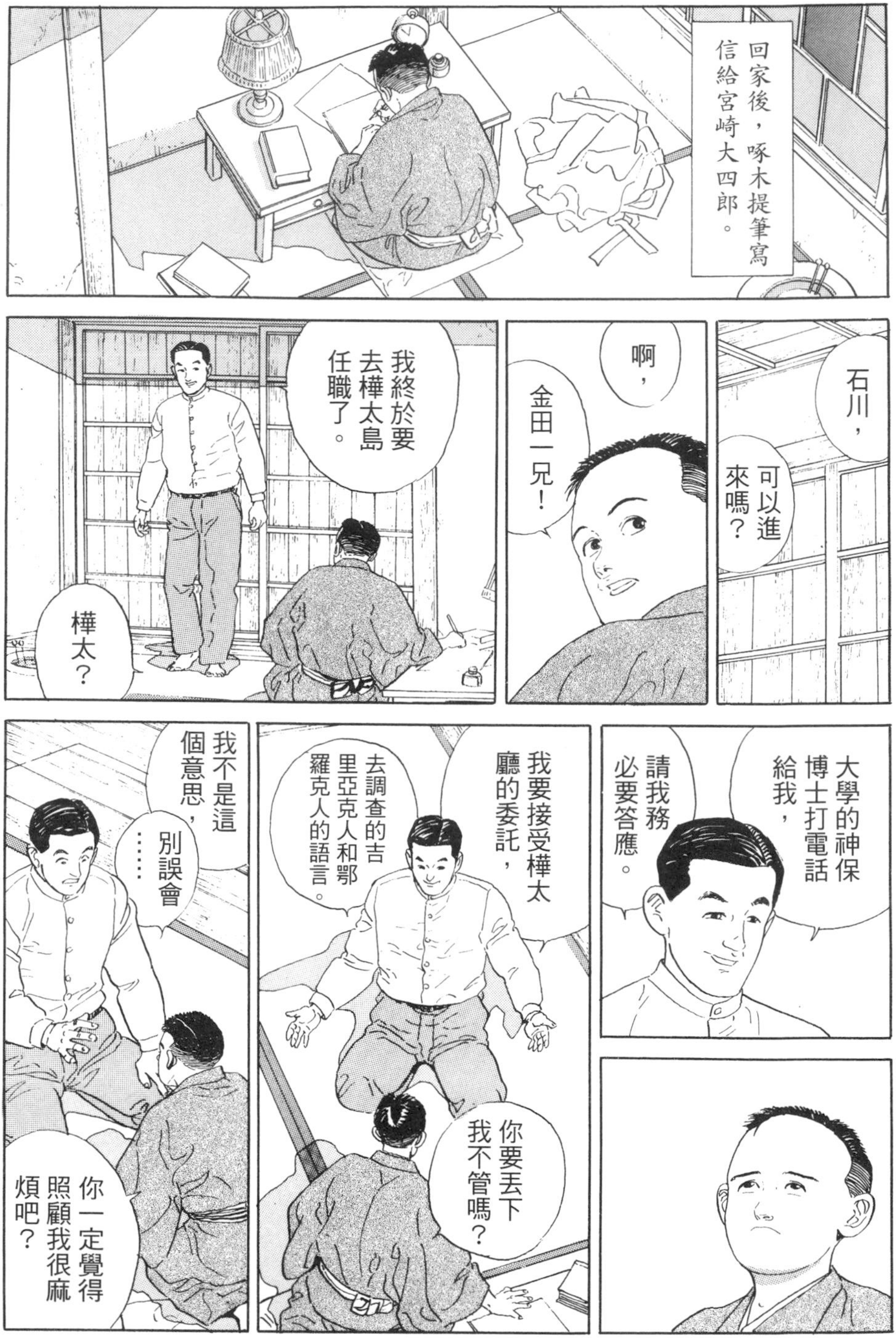
回家後，啄木提筆寫信給宮崎大四郎。
石川，
可以進來嗎？
啊，
金田一兄！
我終於要去樺太島任職了。
樺太？
大學的神保博士打電話給我，
請我務必要答應。
我要接受樺太廳的委託，
去調查的吉里亞克人和鄂羅克人的語言。
你要丟下我不管嗎？
我不是這個意思，
……別誤會
你一定覺得照顧我很麻煩吧？

今天早上我才去了一趟當舖，
把你送給我以備萬一可以穿的長外套當掉，吃了一頓西餐，
……
買了筆記本跟墨水，原來有三圓，現在也只剩下一圓了。
明明沒有半點才能，
卻是個傲慢自大的浪費狂。
到現在還沒法子把家人接過來。
金田一兄，你大概對我很厭煩吧？
石川，你很有才華，
我當然很樂意幫助你。
那時要離開赤心館，
我就把所有文學書賣了，在你這種才子面前，我算什麼呢？
……
從那時起，我對文學完全死心，決定一輩子致力於研究語言學，
就這個意義來說，你算是我的恩人呢！

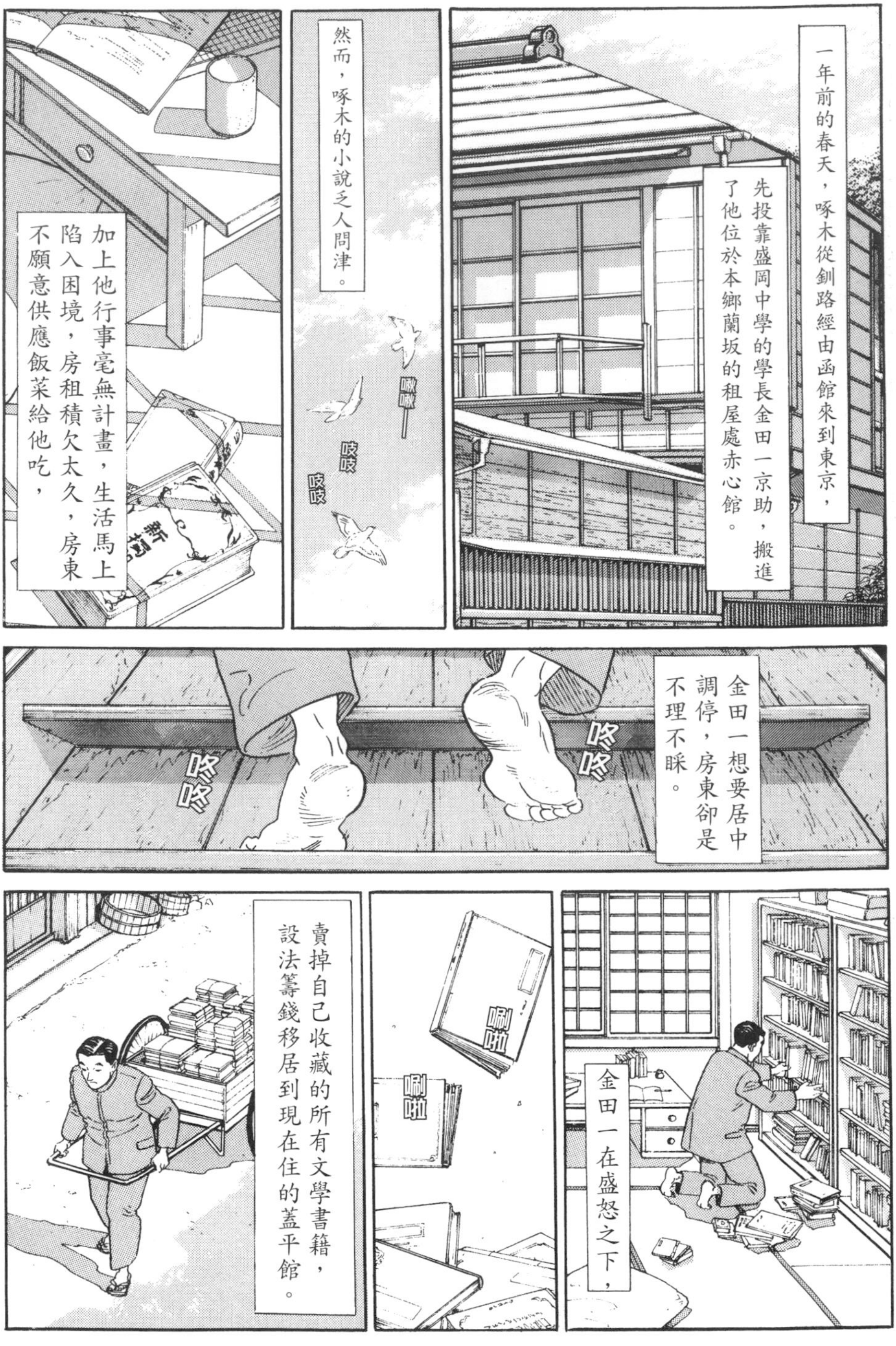
一年前的春天，啄木從釧路經由函館來到東京，
先投靠盛岡中學的學長金田一京助，搬進了他位於本鄉蘭坂的租屋處赤心館。
然而，啄木的小說乏人問津。
啾啾
吱吱
吱吱
加上他行事毫無計畫，生活馬上陷入困境，房租積欠太久，房東不願意供應飯菜給他吃，
金田一想要居中調停，房東卻是不理不睬。
咚咚
咚咚
金田一在盛怒之下，
唰啦
唰啦
賣掉自己收藏的所有文學書籍，設法籌錢移居到現在住的蓋平館。

石川！
嗯?!
拉開
搬家吧！咱們一起搬走。
咦？
學長要搬走嗎？
帶我一起吧！
當然了。
我們兩個本來就是一起的。
謝謝！謝謝！
我就算餓死，也會報答您的恩情的。
你別胡說……
就這樣，石川啄木和金田一京助從明治四十一年九月六日開始在蓋平館的生活。

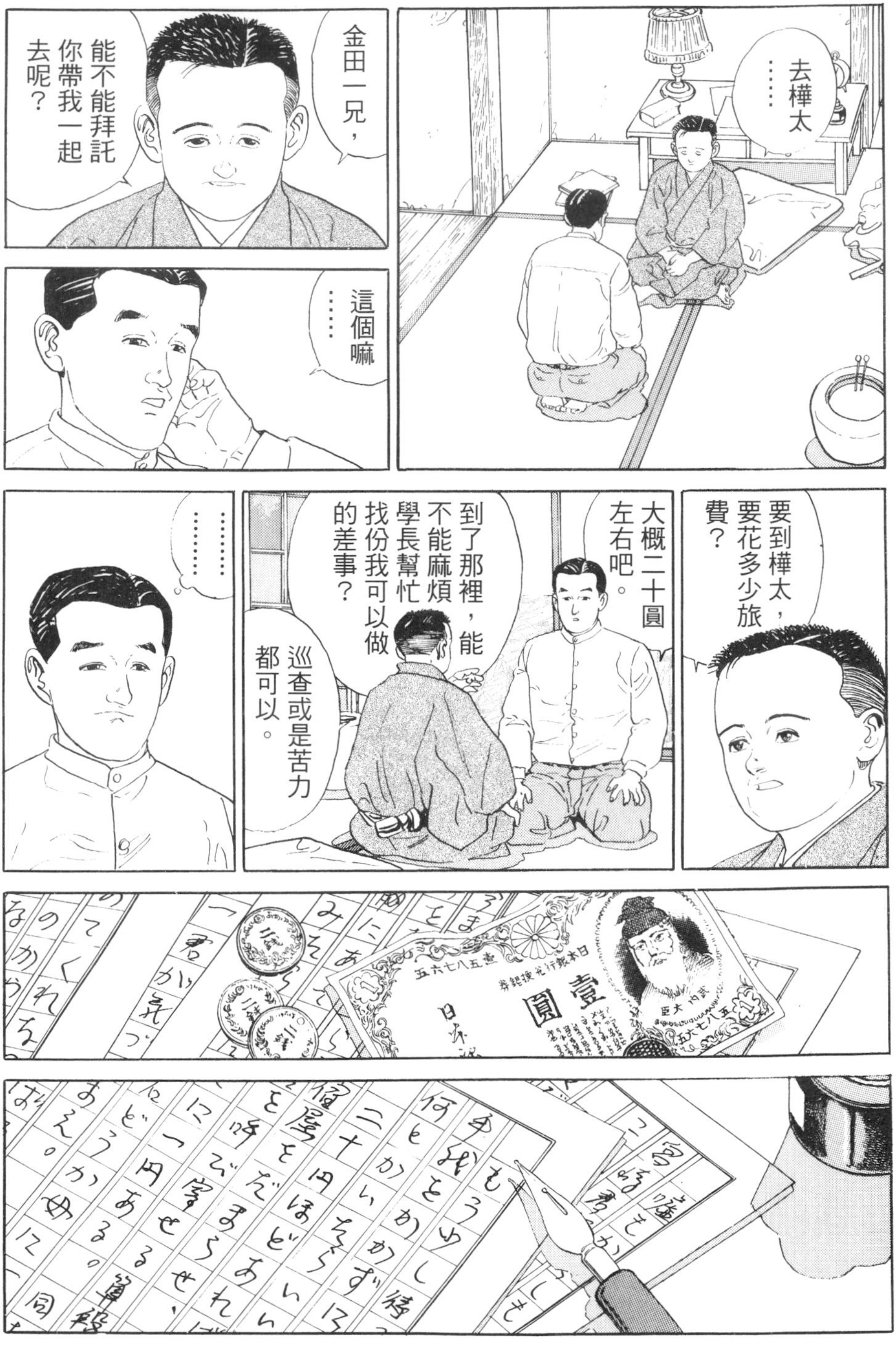
去樺太……
金田一兄，
能不能拜託你帶我一起去呢？
這個嘛……
要到樺太，要花多少旅費？
大概二十圓左右吧。
到了那裡，能不能麻煩學長幫忙找份我可以做的差事？
巡查或是苦力都可以。
………

要是有個二十圓，事情就可以解決了。
擺平了房東，租好房子，就可以把家人接來住。
我隨信寄上一圓，
宮崎啊，請幫我轉交給母親吧。
咦？
啊……
寄出一圓，想再借二十圓的啄木，
在深夜隔著玻璃窗，眺望遠方的火災。
深夜兩點，
望著玻璃窗外……

深夜兩點，望著玻璃窗外，
一片寂靜，被火災染成了淡紅色。
啄木彷彿被火災朦朧的美感所吸引，那一夜繼續用羅馬拼音抄寫《花兒朦朧夜》，然後熄滅燈火，忙著自慰排遣。

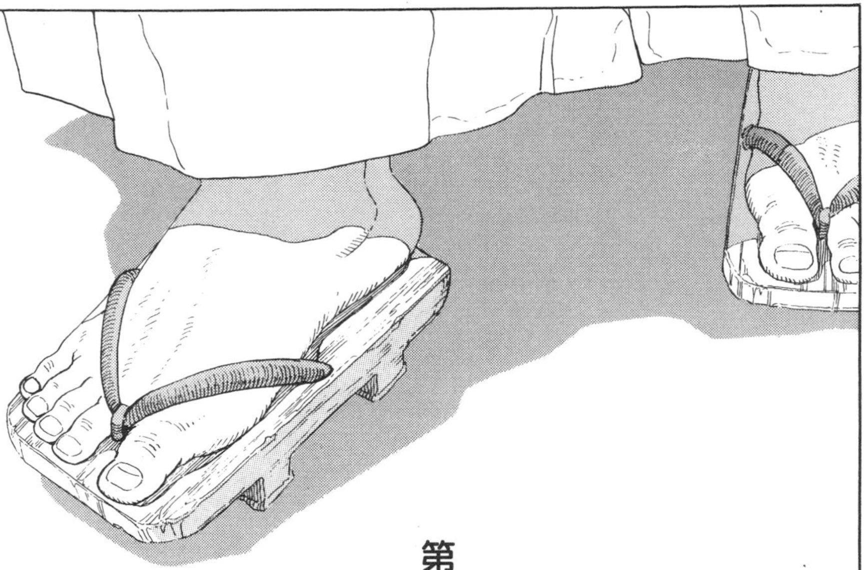

第五章

啄木為何一貧如洗

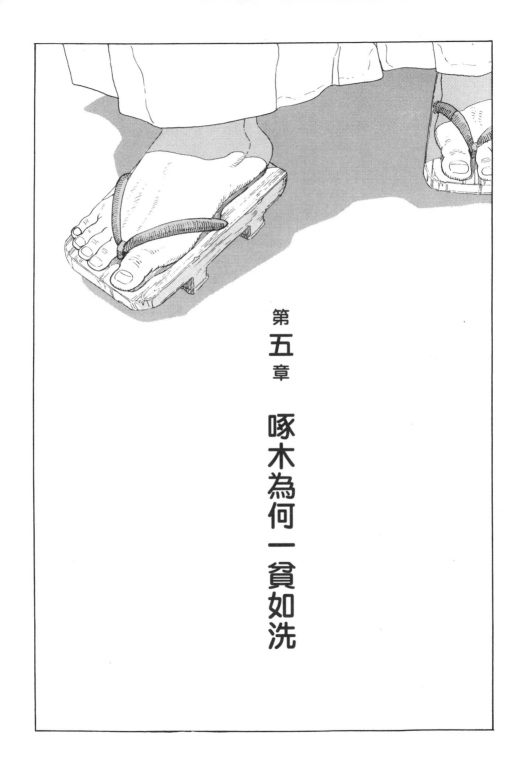

啄木為何一貧如洗呢？
喀噠
北原，怎麼樣？
告別童貞的感想如何？
喀噠
喀噠
北原白秋，
虛歲二十五歲。
是不是很爽快？
總覺得……
有點空虛啊。
喀噠
就是這樣！
女人這種生物就是這樣。

這個就是……
所謂的肉體交合了。
……
好比天際鮮紅的雲彩……
是嗎？
什麼？
喀噠
現在的心情，
……好比天際鮮紅的雲彩，酒瓶中鮮紅的烈酒，
此身悲傷不已，
天空有如烈酒般鮮紅。
是北原的風格啊！
這次要出一本詩集，
我正在整理原稿，最晚會在三月底出書。
你的作品終於要問世了。

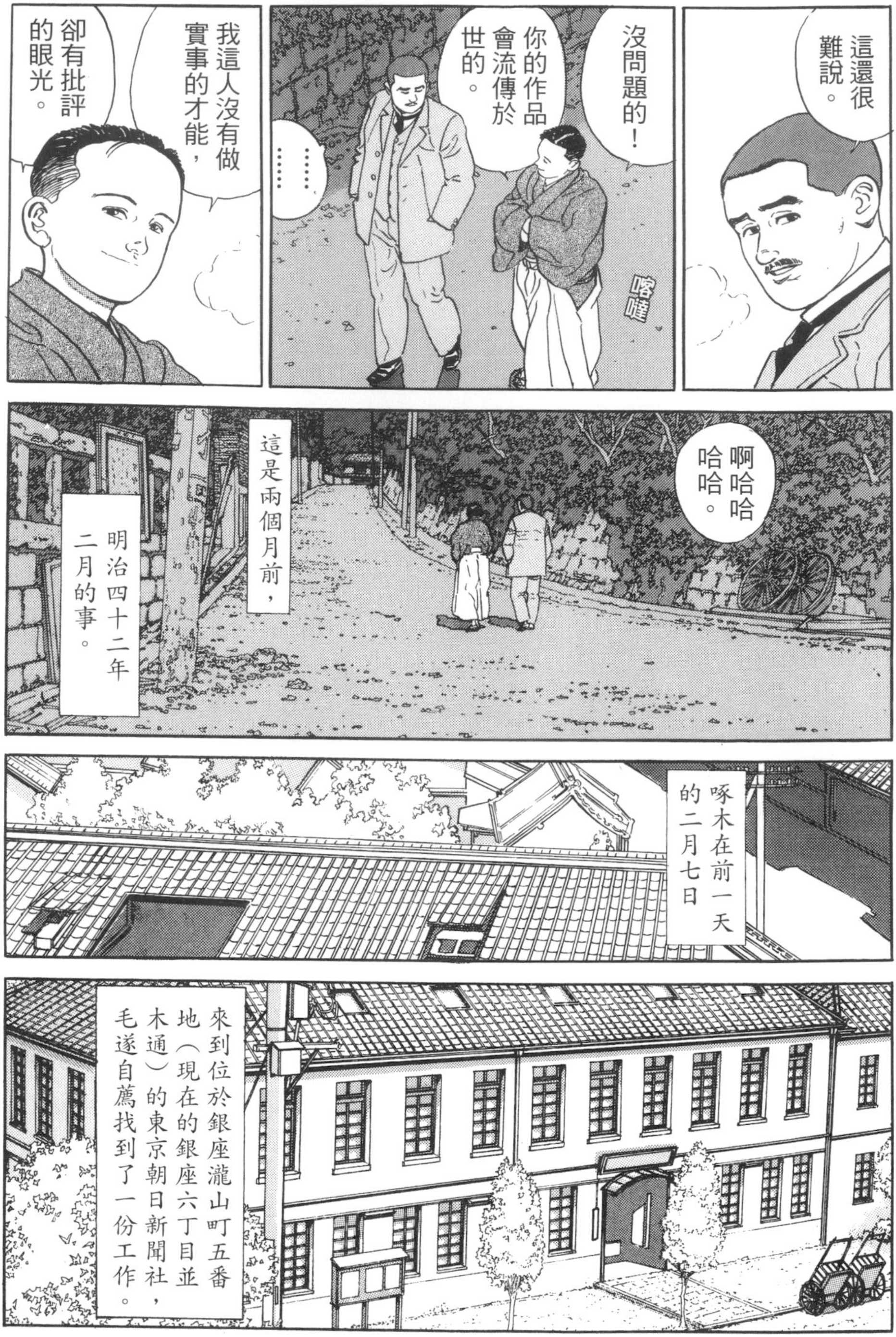
這還很難說。
沒問題的！
你的作品會流傳於世的。
喀噠
……
我這人沒有做實事的才能，
卻有批評的眼光。
啊哈哈哈。
這是兩個月前，
明治四十二年二月的事。
啄木在前一天的二月七日
來到位於銀座瀧山町五番地（現在的銀座六丁目並木通）的東京朝日新聞社，毛遂自薦找到了一份工作。

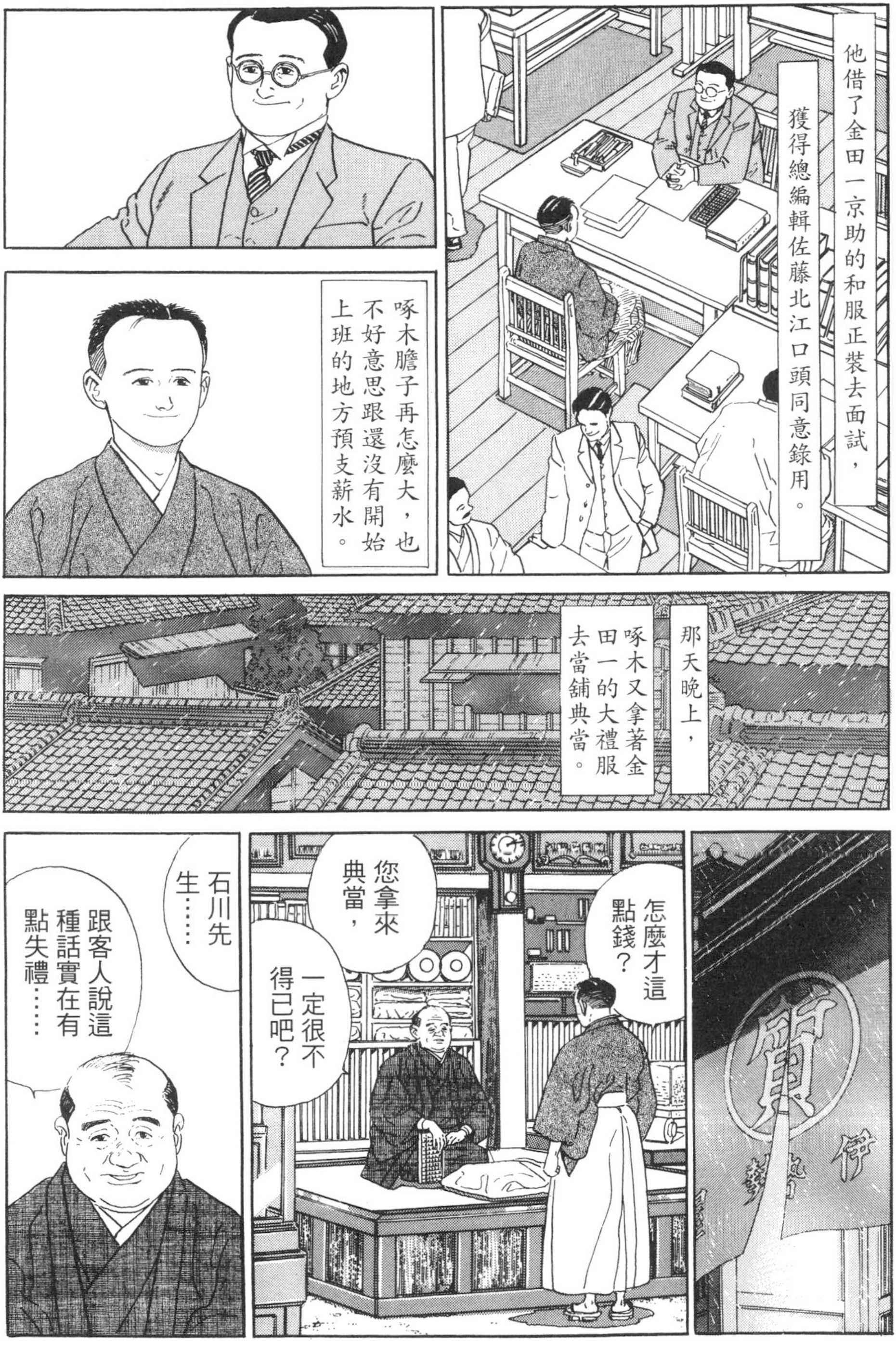
他借了金田一京助的和服正裝去面試，
獲得總編輯佐藤北江口頭同意錄用。
啄木膽子再怎麼大，也不好意思跟還沒有開始上班的地方預支薪水。
那天晚上，
啄木又拿著金田一的大禮服去當舖典當。
質
怎麼才這點錢？
您拿來典當，
一定很不得已吧？
石川先生……
跟客人說這種話實在有點失禮……

1. 即樋口一葉。
2. 幸田露伴（こうだ ろはん）：日本小說家，本名幸田成行，別號蝸牛庵。以《五重塔》和《命運》等作品確立了在文壇的地位，與尾崎紅葉、坪內逍遙、森鷗外等人齊名。

隔天的二月八日，啄木一大早就來到日本橋的書店春陽堂。
日本橋書
春陽
積欠房租太久，房東已經不讓他吃早餐了。
真拿你沒辦法。
如果沒有這筆錢，我就不能把家人接過來一起住了，
身為一家之主，無法盡應盡的責任……
你那部小說，根本就還沒刊載發表。
所謂燕雀雖小，仍有志氣，還請您務必諒察……
請幫幫忙吧！
真拿你沒辦法啊……
可是你那部小說……
拜託了！
磕頭

3. 與謝野鐵幹（よさの てっかん）：明星派的抒情詩人，慶應大學教授，活躍於明治時期到昭和前期，其夫人與謝野晶子也是著名的文學家。

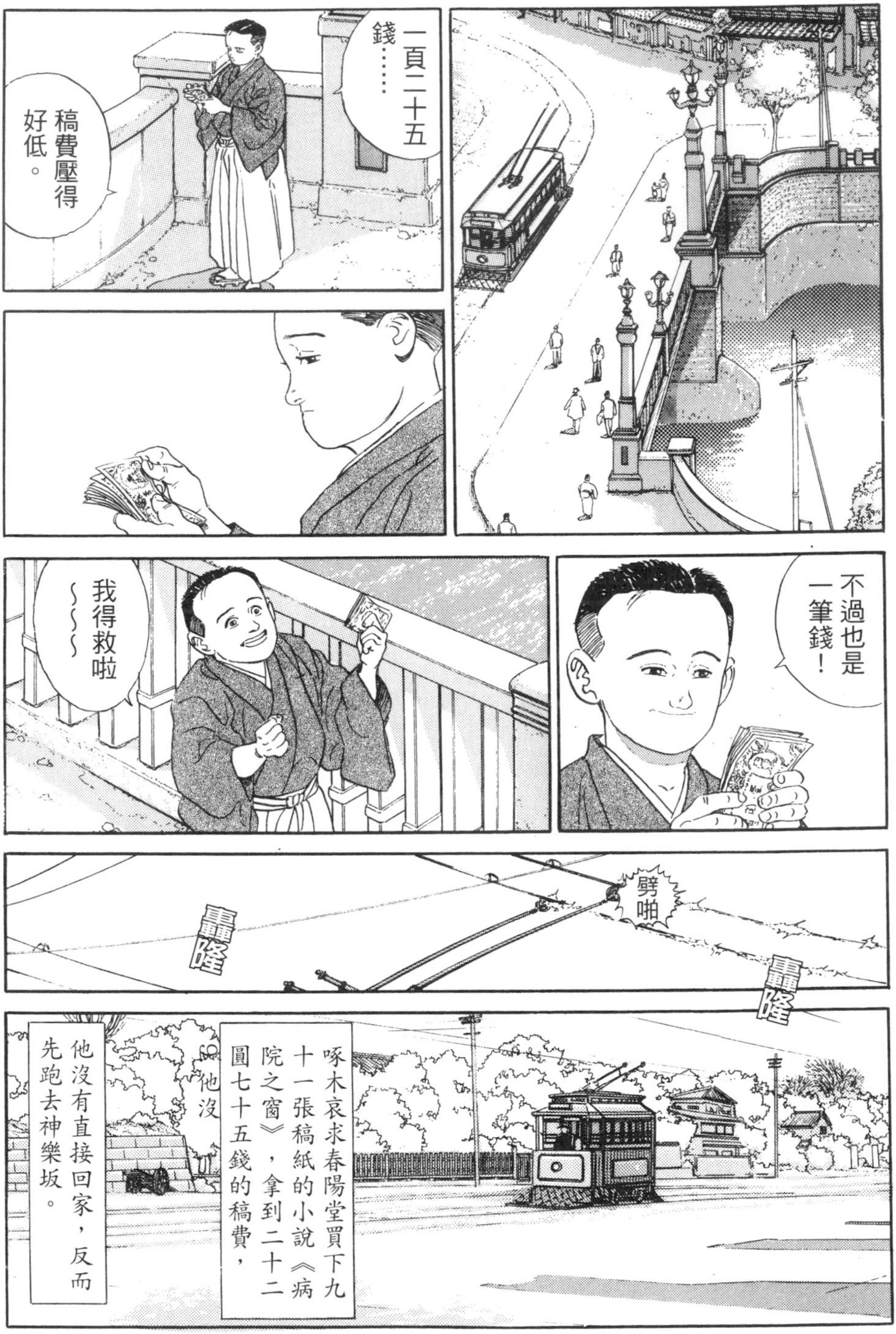
一頁二十五錢……
稿費壓得好低。
不過也是一筆錢！
我得救啦~~~
轟隆
劈啪
轟隆
啄木哀求春陽堂買下九十一張稿紙的小說《病院之窗》，拿到二十二圓七十五錢的稿費，
他沒有直接回家，反而先跑去神樂坂。

一小時前的焦躁不安不是騙人的，
先從拿到的稿費裡，
支付房租十六圓，還給金田一京助六圓，再花七十錢買二十張電車票，
原本啄木心裡是這樣盤算的。
可是……
喀啦
北原！
你在家嗎？
我是石川。
咚
咚
來了。
北原，跟我去做點功課吧！
功課？

沒錯！
我帶你去淺草那裡玩玩。
……一旦手頭有現金，
啄木的心情就轉變了，
生活上所有的困難好像迎刃而解，還邀北原外出，自然而然地走向他喜歡的鬧區。
你的詞彙真的很豐富，
實在太華麗了，
我根本比不上你。
別取笑我了。
不過還是有個遺憾。
遺憾？

那就是豔情！
豔情……
嘗過豔麗婀娜滋味後的黯然神傷。
你還不曉得女人的滋味吧？
……
好，我懂了，
我非常瞭解。
什麼都得要體驗看看。
喝乾
石川先生！
喔！
妳們來了。

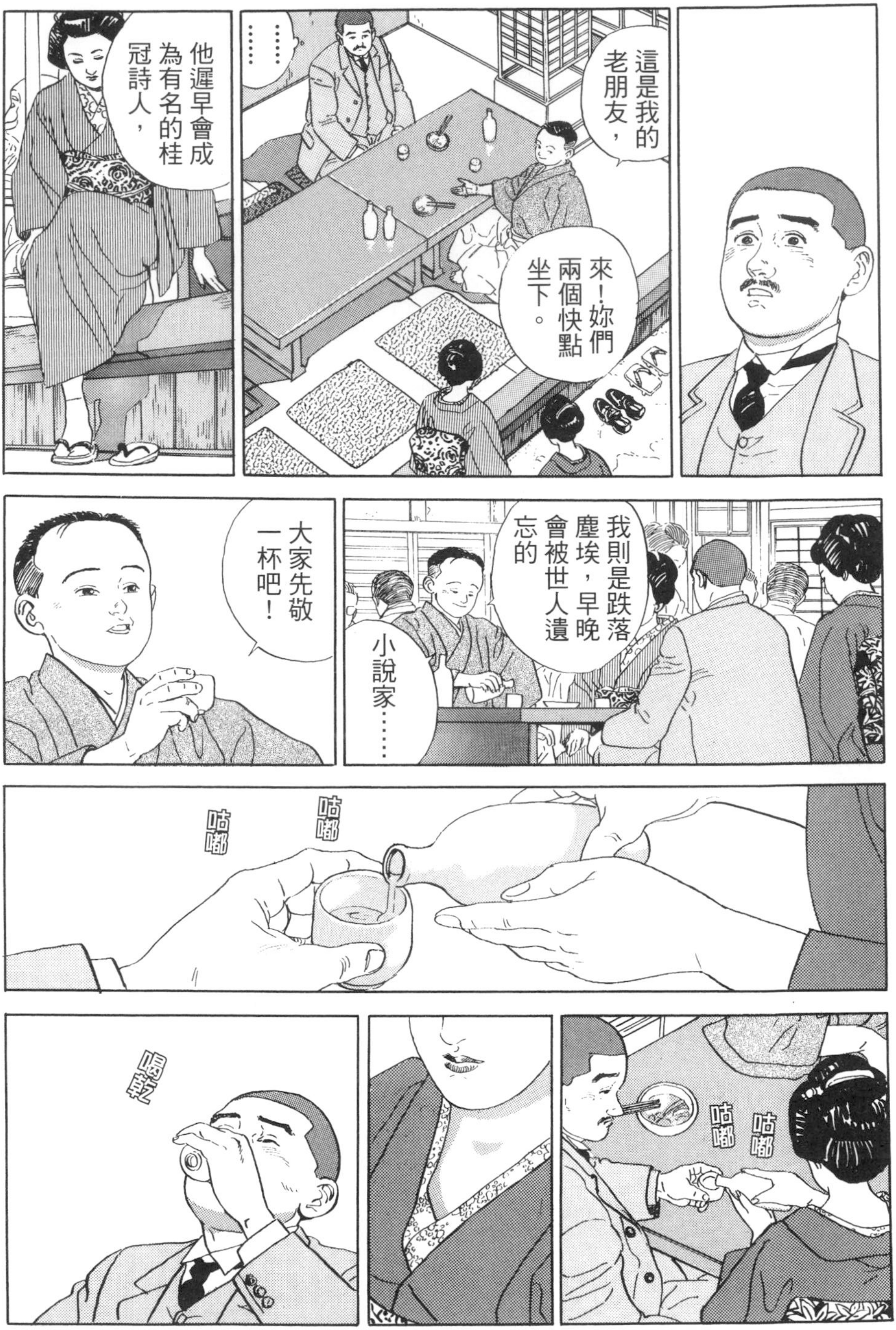
這是我的老朋友，
來！妳們兩個快點坐下。
……
他遲早會成為有名的桂冠詩人，
我則是跌落塵埃，早晚會被世人遺忘的
小說家……
大家先敬一杯吧！
咕嘟
咕嘟
咕嘟
咕嘟
喝乾

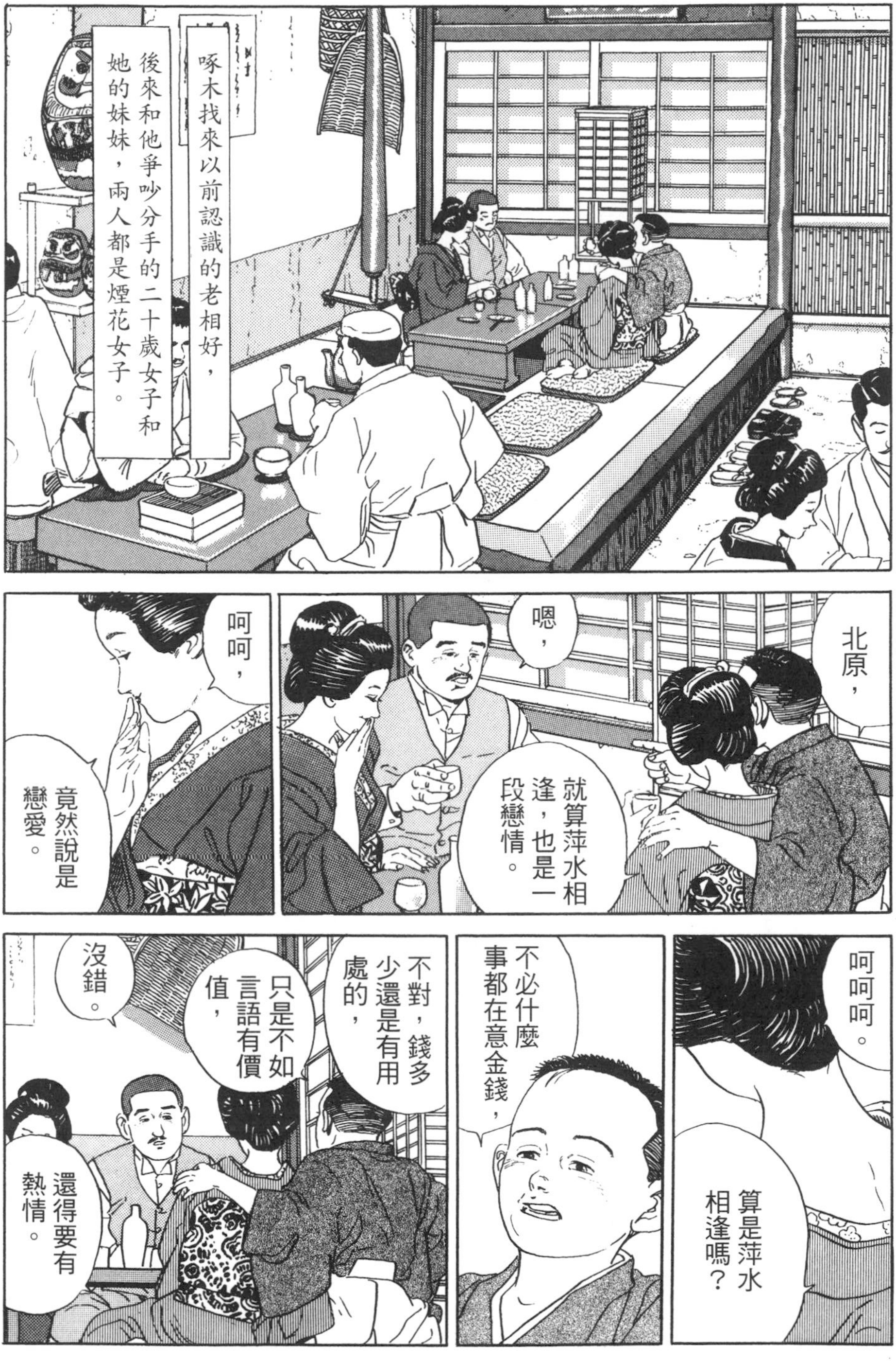
啄木找來以前認識的老相好，
後來和他爭吵分手的二十歲女子和她的妹妹，兩人都是煙花女子。
北原，
嗯，
就算萍水相逢，也是一段戀情。
呵呵，
竟然說是戀愛。
呵呵呵。
算是萍水相逢嗎？
不必什麼事都在意金錢，
不對，錢多少還是有用處的，
只是不如言語有價值，
沒錯。
還得要有熱情。

熱情。
能不能成功，
要看那個人熱情的質量如何了。
對吧。
啜飲
呼……
咚！
咕嘟
咕嘟
咚
咚
咚
咚
咚
咚

咚
咚
……女人很不錯，
但是太悲哀了……
咚
咚
嗯？
和女人白皙的身體交歡，
心裡會很亢奮，但是又……
嗯？
不知不覺做出難為情的行為，
完事後心裡卻是一片冰涼冷清。
嗯。
咚
咚
快樂和平靜終究是無法相容的吧？
女人那一刻的表情……
會很美嗎？
很醜。

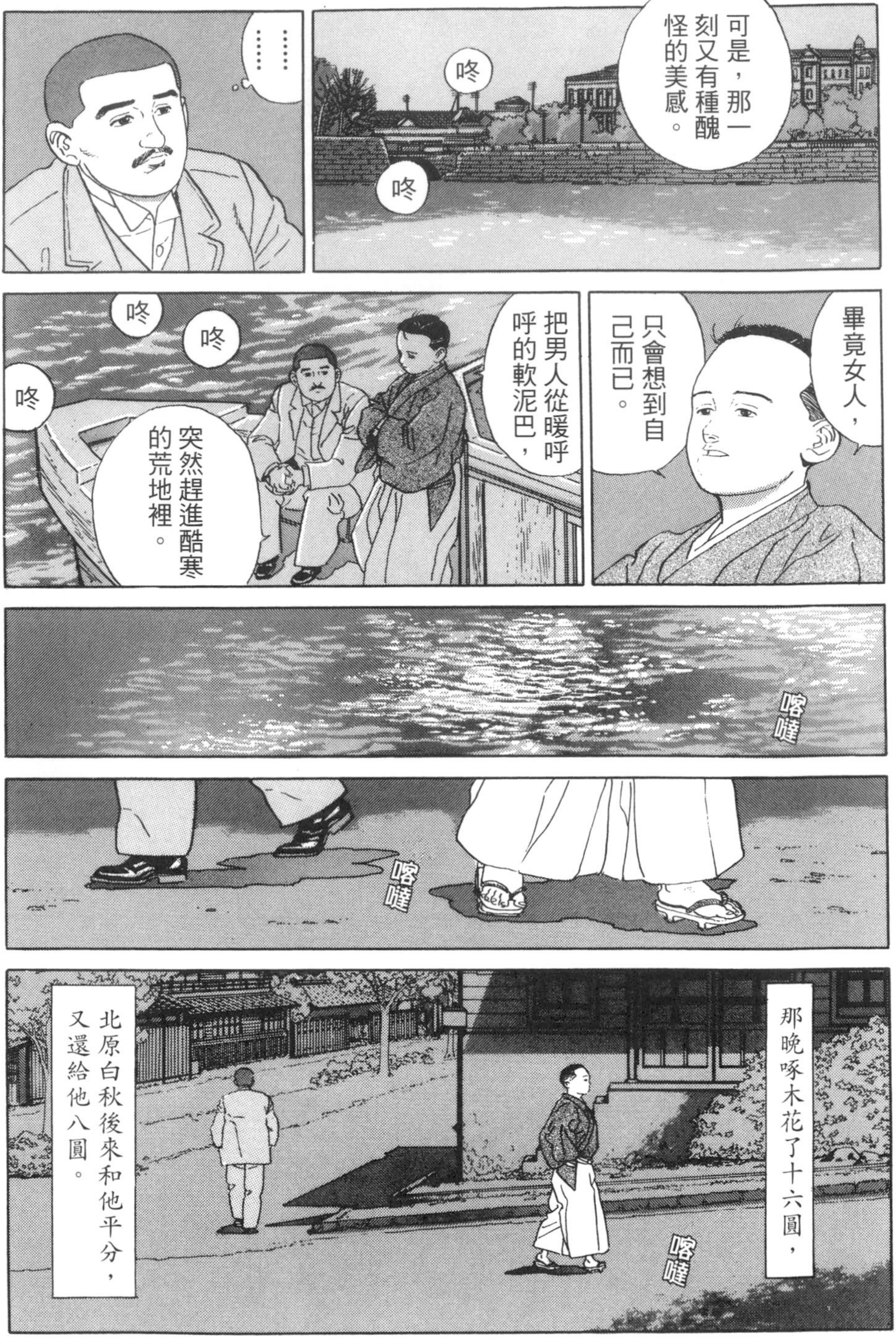
可是，那一刻又有種醜怪的美感。
咚
咚
……
……
畢竟女人，
只會想到自己而已。
把男人從暖呼呼的軟泥巴，
突然趕進酷寒的荒地裡。
咚
咚
咚
喀噠
喀噠
那晚啄木花了十六圓，
喀噠
北原白秋後來和他平分，又還給他八圓。

喀噠
回到住處，啄木把典當大禮服拿到的六圓還給金田一。
最後只能給租屋處的女傭五圓當房租。
喀噠
全身皮膚都和耳朵合而為一……
這麼一來，啄木口袋裡只剩下三圓左右，
換算成現在的幣值，大約是一萬五千日圓。
喀噠
東京朝日新聞社第一個發薪日是三月底，靠這麼一點錢要撐過五十天是絕無可能的。

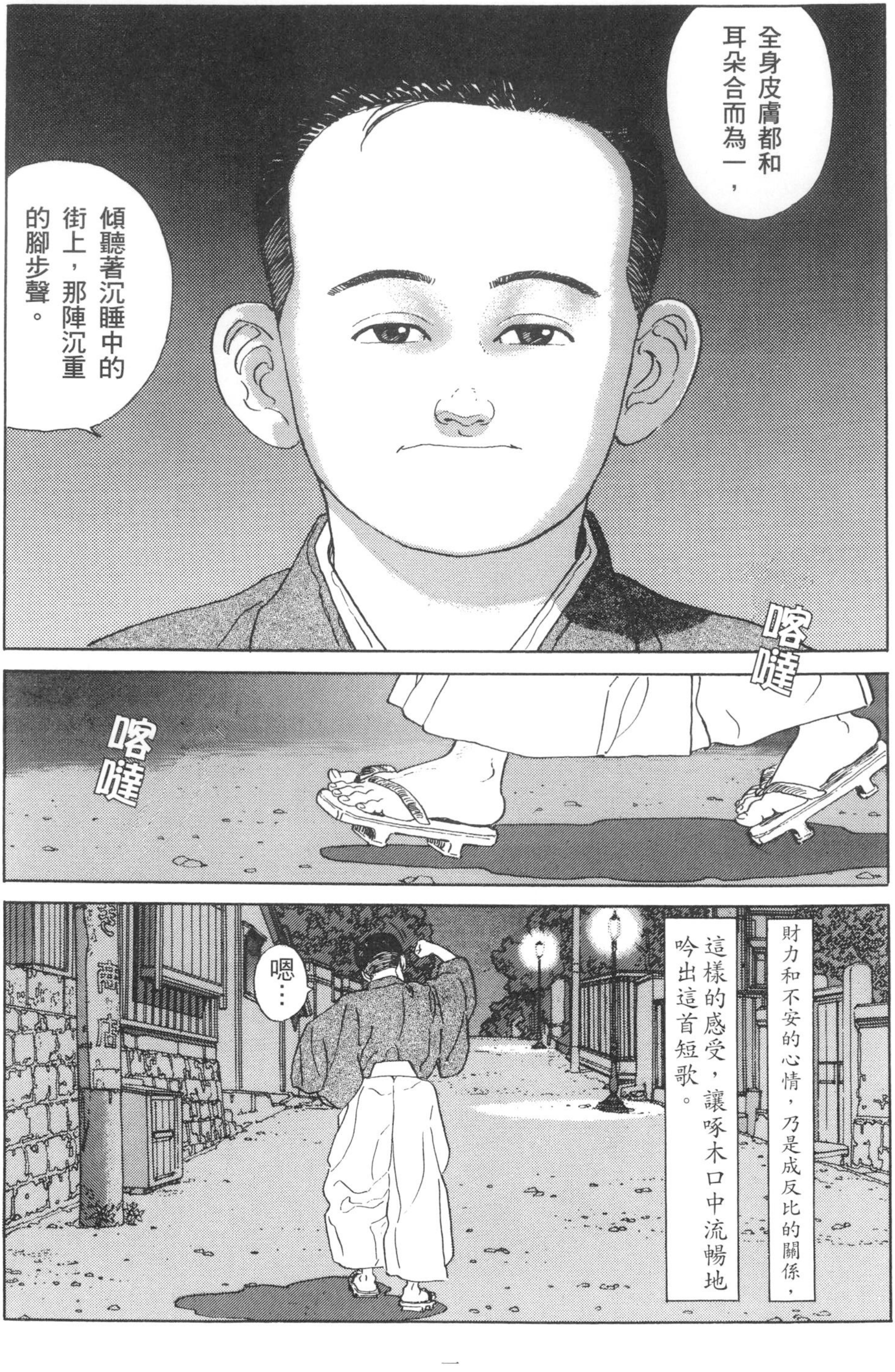
全身皮膚都和耳朵合而為一，
傾聽著沉睡中的街上，那陣沉重的腳步聲。
喀噠
喀噠
財力和不安的心情，乃是成反比的關係，
這樣的感受，讓啄木口中流暢地吟出這首短歌。
嗯……

明治四十二年四月　啄木的東京

關川夏央

明治四十二年四月三日星期六，北原白秋寄了一本自撰的詩集到石川啄木的住處，書名叫《邪宗門》。

那本書封面右半邊是一片鮮紅，左半邊則是灰墨色的布質裝訂，紅色部分的下方燙印著南蠻寺（教堂）的大鐘圖案，左半邊則裝飾著一幅由濃淡不同的墨色所構成的細密畫，不求刻意吸引讀者目光，看上去卻有種不可思議的風格，啄木其實一直很注重裝訂，會盤算著日後出書想用的裝訂方式，還喜歡在筆記本的封面上用各種顏色的墨水仔細描繪文字，北原白秋的處女詩集帶給他相當大的刺激。

那天晚上，啄木閱讀《邪宗門》到深夜兩點，其中有一首提為「天空一片鮮紅」的詩：

「天空裡鮮紅的雲彩，酒瓶裡鮮紅的烈酒，此身為何會如此悲傷？天空有如鮮紅的烈酒。」

啄木頗為佩服白秋寫詩時自由自在的聯想，讀了之後他也想要創作新詩。白秋經常以調情高手自居，不時談論男女情事，啄木便有些嫉妒地暗自嘲笑這傢伙其實不久前才剛告別處男之身。在那年二月八日帶白秋去淺草玩樂，還介紹熟識藝妓的妹妹給他相好的人，其實就是啄木本人。

在二月的同一天，啄木跑到位於日本橋的春陽堂書店，作品雖然尚未刊出，他還是花了一個小時拜託對方先支付稿費，苦苦哀求後，終於如願以償地拿到錢，一張稿紙以二十五錢來計價，雖然還不到原先估計的一半，陷入窘境的他卻無法斷然拒絕。那天租屋處並沒有供應早餐給他，因為房租實在拖欠太久，欠款恐怕多達百圓之譜了。

原稿共計九十一張稿紙，啄木到手的稿費有二十二圓五十七錢，而他每月的房租包含伙食費則是十一圓，當時搭市區電車一趟車資一律四錢，四錢當中有一錢是日俄戰爭的援助金，這筆費用直到戰後還是照徵不誤，依據各種調查的結果，我將明治時代的平均購買力對照一九九〇年的物價，再折算為等值貨幣，可以推知當時一圓大概相當於現在的五千日圓，這樣的算法或許有點粗糙，但我認為相去應該不遠。

這麼一來，九十一張稿紙的稿費等於十一萬三千七百五十圓，一張稿費等於一千兩百五十圓，這還是被殺價一半的結果，住在本鄉新坂蓋平館的三張半榻榻米房間，包含伙食的房租就等於五萬五千圓，內含戰爭協力金的電車票錢，等於市內坐一趟電車需要二百圓。啄木從那年三月一日開始在京橋區瀧山町的東京朝日新聞擔任校對員，二十五圓的月薪就相當於十二萬五千圓，一個月若是有五天輪值晚班到凌晨一點，會另外補貼五圓，三十圓薪水便等於是十五萬圓了。

森田草平緊接在啄木之後進入朝日新聞社工作，他在明治四十一年三月和平塚明子在栃木縣的鹽原溫泉殉情未遂，這就是世人議論紛紛的「煤煙事件」，因此森田草平無法成為正式員工，只是個特約社員，但因為他畢業於帝國大學，月薪有六十圓，而在明治四十年春天加入朝日新聞社的夏目漱石月薪則高達二百圓，他不需要上班，只要一年交出兩部有百回篇幅的長篇連載小說即可。當時木匠的工資是一天一圓，靠一個月三十圓的薪資來養活一家人是非常窘迫的，要維持白領階級安定的生活開銷，每個月至少需要五、六十圓。

二月八日，啄木和白秋在淺草玩樂用掉了八圓，到家後，啄木拿了六圓還給住在蓋平館相隔一個房間的金田一京助。大啄木三歲的金田一是他的同鄉，這位好好先生把大禮服先借給啄木典當救急。隔天，女傭板著臉催促啄木盡快付清房租，啄木先給她五圓應付，才過了十二個小時，啄木手頭上的錢只剩不到二圓了。

啄木在明治四十二年二月底發電報給釧路的藝妓小奴，電報錢是他從當鋪和舊書店勉強湊出來的，他對小奴表示自己雖然找到工作，卻沒有錢應付生活上的開銷，小奴馬上典當丈夫送她的金手錶，寄了二十圓過來。啄木回了一封電報表示：

「人情溫暖比金錢更令人感激。」

啄木把小奴寄來的郵政匯票換成現金，當天卻跑到神田的外文書店花了三圓五十錢買了本根本不會去讀的《奧斯卡．王爾德論》，接著又搭上往龜町的電車，在兩國下車，來到「牧羊神會」的會場。

「牧羊神會」是太田正雄（即詩人木下杢太郎[1]）在前年年底發起的、屬於文藝家和畫家聚會的沙龍活動，在白秋出版《邪宗門》後，「天空一片鮮紅」儼然就成了大家的會歌，啄木其實只參加過那天的聚會，偏偏當日的陰雨天氣造成出席者並不多，他繳完會費還跑去淺草喝啤酒，和太田正雄兩人一起搭電車回本鄉四丁目吃壽司，再由本鄉走回菊坂，到家一看，口袋裡只剩下十二圓五十錢了。

啄木在三月一日到朝日新聞社去上班，因為房東不斷催討房租，在十天後的三月十日，他只能向總編輯佐藤北江請求預支薪水，北江覺得要通知會計實在太麻煩了，便自掏腰包借給他二十五圓。啄木先用其中的二十圓交了部分房租，再跑到淺草吃馬肉。到了發薪的二十五日當天，他雖然領到二十五圓，因為馬上就得還錢給總編輯，又落得身無分文。幸虧啄木在三月十日先買了兩本二十張的電車票，從本鄉三丁目往返數寄屋橋的交通還能解決，到了四月三日，車票也用完了，啄木那天就沒去上班了。

1. 木下杢太郎（きのした もくたろう）：本名太田正雄，畢業於東京帝國大學醫學部，醫生、詩人、劇作家，同時也是「牧羊神會」的創始成員。

在明治四十一年四月二十八日，啄木結束一年來的「北海道流浪之旅」，搭乘客貨船來到東京，那年他虛歲二十三歲。

啄木在橫濱搭上火車，兩側車窗青翠欲滴的綠樹讓他陶醉不已，不久後下起了雨，溼潤層層樹蔭，更加深了這層綠意。

但是，當啄木走出新橋火車站，他卻感到一陣不安，這是鄉下人來到大都會的不安全感，他打算去拜訪住在千駄谷的舊識與謝野鐵幹，卻不知道怎麼搭電車抵達目的地。啄木承蒙別人的好意，四處借錢才能湊到三等船票來到東京，最後卻決定花大錢搭人力車過去。

他在與謝野家借住了幾天，五月四日搬進金田一京助租屋的赤心館，地址是本鄉菊坂町八十二番地，六個榻榻米大的房間，含伙食費的房租是一個月十圓。

當時正值初夏，啄木一身土氣的鋪棉和服，腳上拖著一雙快磨平的老舊木屐，還拿著一個好似便當盒的包袱，裡頭是日記和自己以前寫的新聞報導。啄木本能地將日記視為自己的作品，並沒有注意到自己內在一直懷有相互矛盾的欲望，既不希望讓任何人讀到日記，但不給人看又覺得難受。

啄木剪了個五分頭，還患了皮膚病，所以頭皮禿了三塊，被人取了「小茶壺」這個綽號，啄木還告訴金田一，釧路那裡的藝妓偷偷叫他「小燈泡」。

儘管如此，啄木其實很有女人緣，也深愛留在函館的結髮妻節子，但他馬上就會跟女人親密起來，這對他而言是兩回事。他也會將女性理想化而懷有某種憧憬，但在交往之後就會迅速褪色，一見面就覺得厭煩，他毫不厭倦地重複著這種週期短暫的感情起伏。

金田一京助發現，經過三年來的辛苦，尤其是在北海道一年來的漂泊生活，讓啄木變得老實許多，不再年輕氣盛，愛慕虛榮和打腫臉充胖子的習性似乎也消失了。

那一年，啄木不斷嘗試寫小說，可惜作品都無法令人滿意，更找不到刊登的管道，他幾乎沒有任何收入，只能不斷地拖欠房租，到了六月中旬，他打消了寫小說的念頭，寫的全都是短歌。

金田一京助對這位年輕朋友的文才，給予相當高的評價，再加上他本人有種超乎尋常的奉獻精神，就算把自己的財物拿去典當也要換錢接濟啄木。然而啄木這人只要手頭稍微有點錢，若沒跑到街上逛逛，再隨意買點東西是不會罷休的。金田一典當了所有冬天的衣物，好不容易湊出三圓五十錢借給他，啄木竟然拿一圓去買花，再花一圓買了個花瓶，他的理由是看到賣花的人，就會想起岩手山的原野景色，不買心裡可是會過意不去的，對啄木來說，花朵和女人似乎有其相似之處。

來到東京後過了三個月，明治四十一年七月二十二日那天，房東強硬地催討房租，啄木把最後剩下的英和辭典也賣了，買了一張電車票，跑到炎熱不堪的屋外去。

啄木這時原本打算自殺，他搭電車到江戶川橋再走到戶塚，因為想要在死前眺望整個東京，又折返到牛込，爬上了若松町、喜久井町和榎町一帶的坡道，啄木長途跋涉太久，反而害自己中暑，他又從江戶川橋搭乘電車，在飯田橋和水道橋換了轉乘車票，再搭往指谷町方向的電車來到春日町，最後厭煩了不想再轉車，就從春日町步行爬上真砂坂，那時已是地面暑氣蒸騰的黃昏時分了。

他在真砂坂看到電車轟隆作響地開走，頓時有個念頭想撲向電車跳軌自殺，下一個瞬間，由於過去記者生涯的體驗，啄木腦海中活靈活現地浮現自己慘遭轢死的報導，感覺如同一則引人鼻酸的散文，腦海中憑空想像的死亡報導竟然把他從自殺邊緣解救出來，這讓啄木多活了三年半的時間。

金田一京助幫他繳了六月分的房租，但七、八月依舊毫無收入，房東在八月底找金田一談判，對方的說詞實在太過刺耳，金田一勃然大怒，便找來神田的松村書店，變賣自己收藏的所有文學書籍，那些書本裝滿了兩臺推車，最後拿到四十圓。接下來金田一便四處探問下一個住所。

走下平緩的本鄉菊坂，再爬上又短又陡的新坂坡道，可以看到一棟氣派的木造三層樓建築，名叫「蓋平館」，命名由來是屋主本人在日俄戰爭出征時，曾在蓋平一帶的戰場立下功勳。本館位於東京帝大的正門口，別館則位於森川町一番地三百五十九號，六個榻榻米大的房間租金要價五圓，包伙食的話則是七圓。金田一決定搬到這裡，就問是不是還有更便宜的房間，對方回答三樓角落有個放棉被的置物間，有三張半榻榻米大，從房間還可以看到富士山，租金算他四圓就好。

金田一回到赤心館的時候，啄木正在蒙頭大睡，他叫醒啄木說：「石川，搬家啦，我們搬家吧！」啄木立刻起身懇求他：「帶我一起去，請帶我一起去吧！」

得知金田一為了籌措搬家費用，竟然變賣了所有藏書，啄木頓時啞口無言，金田一卻告訴他，這反而是大好機會，讓自己徹底對文學之路死了心，接下來他要全心全意地研究愛奴語，啄木對年長的金田一說：「就算哪天我死了，也會保佑你的。」而啄木和金田一兩人在蓋平館的生活，就是從明治四十一年九月六日這天開始的。

明治四十二年四月三日，啄木讀完北原白秋的《邪宗門》，就嫉妒起這個朋友來了，他同時領悟到這下子是不可能再向北原借錢的。《邪宗門》雖然由易風社出版，但他明白實際上是自費出版的。北原白秋為了印製《邪宗門》揮霍了二百圓，還以「天金」方式裝幀，也就是在書籍的上半部切口再塗上一層金箔，所以又追加了五十圓費用。

隔天是四月四日，啄木一路徒步到白山御殿町，向太田正雄借了一圓。四月六日，房東又催他繳清房租，上班那天，他馬上從四月分的二十五圓薪水預支了十八圓，那天感覺會下大雨，啄木想早點回家，便在數寄屋橋搭上電車，才剛到神田須田町，老毛病又蠢蠢欲動，於是改搭另一班電車到淺草，他先跑去看了場電影，再到十二階下的紅燈區遊蕩。自從前一年的十一月十一日以來，啄木就染上了尋花問柳的癖好，啄木那天花了三圓，過了半夜十二點才回到蓋平館，第二天早上只能繳出十圓房租。

四月七日那天吹起強烈的西風，街上每個人都說，被風這麼一吹，東京所有櫻花都要紛紛盛開了，八日那天房東依然沒給他好臉色，早上起床都過了兩個鐘頭，還是沒吃到早飯。啄木在下班的電車上看著坐在對面的老婦人，覺得東京的老太太沒有老太太該有的樣子，還真惹人厭，還是鄉下的老太太比較好，碰巧在電車上碰到熟人，他如實把這番話說給對方聽，坐在他對面的兩個老婦人似乎聽到了，很不高興地瞪著啄木。

那個月，啄木好幾次在電車上巧遇之前的朋友和熟人，當時東京市區有一百六十萬人口，除了人力車外，交通工具就只剩下路面電車了，在電車上碰到熟人的可能性因此比今天要高出許多。

對啄木來說，搭電車的這段時間就像某種救贖，茫然地眺望車窗外的風景，就能暫時忘卻生活上的種種苦惱。只是當他看到一個長得很像女兒京子的小女孩時，無盡的思念和憐愛同時湧上心頭，可是一想起函館寄來的家書，母親和妻子再三催促他把全家接來東京一起住，又會煩悶難受起來。這時，口袋裡要是有點錢就會跑到淺草玩樂，沒錢的話就會一直搭電車，漫無目的地遊蕩。

市區電車在明治三十六年八月二十二日開通從品川到新橋之間的路線，六年來發展迅速，令人眼花撩亂。初期有電車、電鐵和街鐵三足鼎立地競爭，後來在明治三十九年合併為東京鐵道股份公司，明治四十四年八月又被市營電車所併購，從那時起就統稱為「電車」，不再簡稱為市電了。

電車讓東京的郊區開始蓬勃發展，光以東京北部來說，路線沿著昔日的尾根道和谷道向郊外延伸，交通變得更為便利，讓田園地帶成了新興的住宅區，重新創造了「山之手」這個概念。以江戶川橋和指谷町為終點的電車路線分別穿過平川谷、指谷等山谷道路；而經過小石川表町、傳通院前和本鄉三丁目的路線，走的是小石川臺地和本鄉臺地之間的尾根道。新的「月薪階級」在明治時代後半誕生了，他們就是所謂的「山手族」，大多數人和漱石小說中的角色一樣，居住在東京的最北邊或最西邊，下班後搭乘電車到路線的終點，再爬上坡道，回到建在山坡上的家。

明治末年的東京，人們居住的城市有了重大的改變，特別是移動的距離之長是江戶時代難以想像的，再加上電車路線發展得相當完善，山手地區已開發完成，而須田町就成了山手地區和東京下町[2]交會的電車站。

有五條不同方向的電車路線從須田町出發，分別往數寄屋橋和內幸町、往九段下和半藏門方面；往銀座尾張町和三田方面；往兩國、龜澤町方面；往上野廣小路、坂本町方面；以及往淺草方面。

啄木要去朝日新聞社上班，要先在本鄉四丁目搭上往數寄屋橋和內幸町的外堀線電車，回程也在須田町搭乘這條路線，但當他多少借到了一點錢，或是想到家人不斷催促他接她們到東京一起住，他就會在須田町悠哉悠哉地轉車到淺草去，啄木這個青年在感嘆自己懷才不遇，或

2. 下町：靠近東京灣的下谷、淺草、神田、日本橋、深川等地區，也是庶民聚居之地。

是對於生活沒指望而感到絕望時，就會陷入胡亂揮霍的衝動。

明治四十二年，東京的櫻花在三月底含苞待放，四月七日吹了一陣暖風，櫻花就不約而同地開了，在四月十一日星期日紛紛滿開，可是四月十五日那天下起大雨，就只剩下枝頭的綠葉了。

在四月八日那個春意盎然的夜晚，啄木在本鄉大路買了黑色方格封面的筆記本，他回到租屋處，便在本子的第一頁用一絲不苟的筆跡寫下英文字母「APRIL TOKYO」，他開始寫起前一天的日記。到了深夜一點鐘，啄木聽到女傭偷偷溜進隔壁學生房間的腳步聲，他聽到一陣偷笑和激烈的喘息聲，啄木便放下鋼筆，吹熄燈火，那時已經一點半了。

四月二十五日是發薪日，那天早上啄木已經身無分文，用最後一張電車票去上班，拿到上個月預支十八圓薪資的借據和七圓現金，他先用七十錢買了二十張電車票，要支付房租已是不可能了，回到本鄉三丁目之後，他乾脆約了金田一京助到吉原的花街去。在上野車坂轉車到吉原吃了牛肉，再坐人力車去淺草，啄木一晚就花掉了三圓，手頭上只剩下四圓了。

隔天下班後，他又和金田一起到淺草看電影，然後再去花街嫖娼，沒想到同床共枕五分鐘就完事，包含金田一的分，夜渡資一共花了兩圓。因為電車只開到車坂，所以他們只好從池之端走路回家，兩人都感受到某種深刻難言的哀傷，街道上飄散著濃濃的新葉氣味，還夾雜著栗子花香。啄木那天還買了稿紙，身上只剩下一圓了。

四月二十七日傍晚，金田一打電話到租屋處邀約啄木出門，兩人在日本橋會合，去參加一個不值得一提的聚會，還繳了一圓會費，這下啄木的口袋裡只剩一枚五十錢的硬幣。二十八日一大早，他跑到麻布霞町，目的是向總編輯佐藤北江預支薪水，佐藤告訴他，還是等五月一日再來吧。

從四月二十五日傍晚到二十八日，啄木一口氣用掉十九張電車票，二十九日和三十日都缺勤，五月一日拿出最後一張電車票去上班，當場預支二十五圓的薪水，那天晚上又跑到淺草玩樂，五月二日早上，他拿二十圓出來應付積欠至今的房租，拿到二十五圓這筆錢之後，啄木手頭現在只剩不到一圓五十錢了。

啄木在東京的生活就是這樣度過的，明治四十二年的秋天，他靈機一動，突然開始計算目前為止自己所積欠的債務，借款竟然高達一千三百七十二圓五十錢之鉅，啄木對於曾向誰借了多少錢，心裡可是記得一清二楚，在北海道時他借款四百八十三圓，最大債主是本名宮崎大四郎的宮崎郁雨，總額為一百五十圓；來到東京一年半就借了兩百九十七圓五十錢，最大債主是金田一京助，總共借了一百圓。

兩年半後的明治四十五年四月十三日，啄木在虛歲二十七歲時走完一生，那天是個「悶熱而晴朗，連路旁的櫻花都汗流浹背地垂頭綻放」的日子。那天早上，金田一京助來到他在小石川久堅町七十四番地的家中，啄木已經病得有如一副骷髏，金田一坐在枕邊，「拜託你了」，從他有如黑洞般的嘴巴冒出這句沙啞的懇求。若山牧水[3]隨後來了，啄木夫妻便要金田一京助還是先去飯田橋的國學院大學上班。

才不過短短五分鐘，啄木就過世了。看來他永遠不可能償還堆積如山的債務，甚至可以說，直到死了的那一刻他才切斷了和金錢之間的惡緣吧？

啄木死於宇津木家的出租住宅，那裡後來改名為「宇津木公寓」，現在還是位於原址。我早年喪妻的朋友再婚後搬進其中一間，前幾天我去拜訪他，才知道原來那裡就是啄木生前最後住過的地方。那一帶早已失去明治時代的風采，我在公寓大樓的前面的碑板處站了一會兒，依舊沒有什麼特別的感慨。

《太陽》雜誌一九九〇年四月號

3. 若山牧水（わかやま ぼくすい，1885-1928）：本名若山繁，日本明治、大正時代的抒情歌人，石川啄木的文壇友人，代表作為短歌集《別離》等。

第六章

借錢也是一種表現

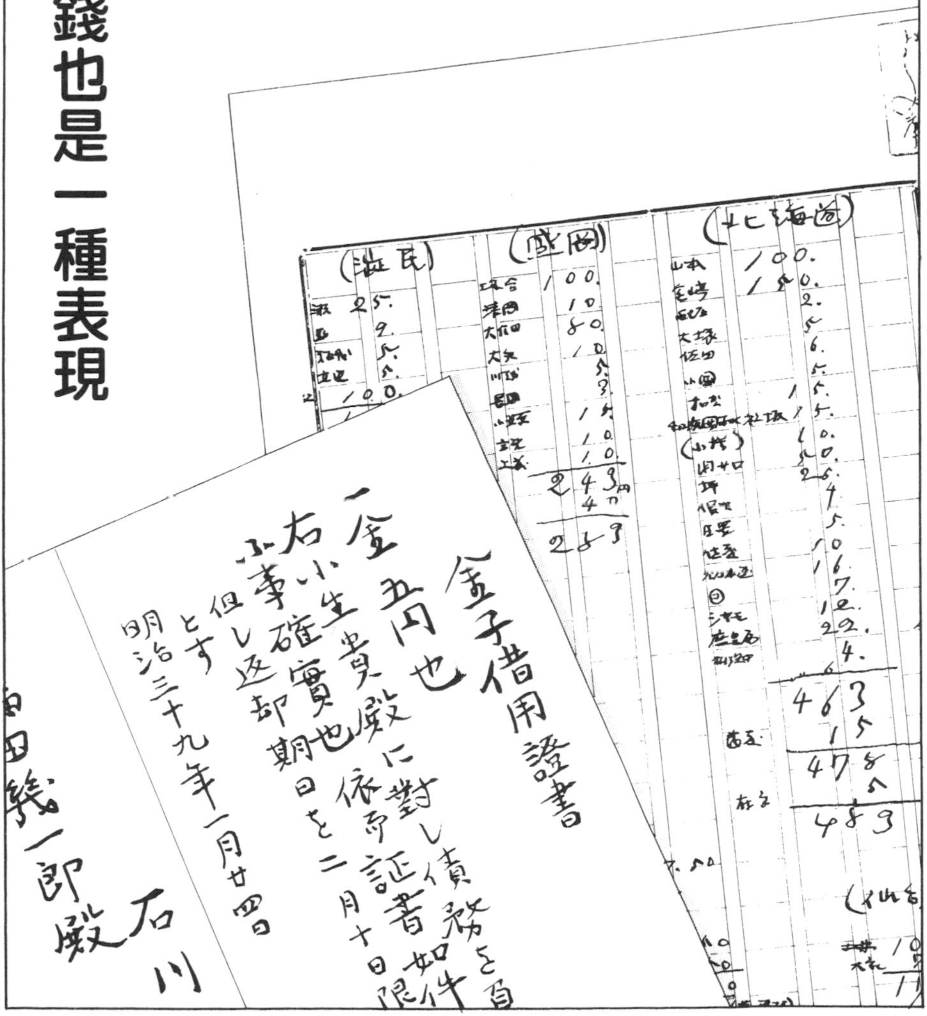

啄木在明治四十二年四月，再次寫信懇求函館的宮崎郁雨借錢週轉。
不久後，宮崎從郵局匯款二十圓給他……
喀噠
沙沙
沙沙
沙沙
沙沙
啄木能寫出對方不借他錢，就會覺得過意不去的書信。
沙沙
沙沙

啄木的小說《鳥影》並沒有印行單行本。
《病院之窗》這部作品在百般懇求之下，拿到二十多圓的稿費。
明治四十二年二月二十五日——去朝日任職的四天前。
我要發電報，
寄到北海道……
釧路。
二月八日拿到《病院之窗》的稿費，跟北原白秋在淺草花天酒地，不到十二個小時就幾乎花光了。

要寄給釧路的……
這個字是坪嗎?要寄給坪仁子女士?
對!
為了救急，啄木拍了一封電報給在釧路的小報社當記者時認識的藝妓小奴借錢。
「找到了工作，卻沒錢生活，請務必體諒我的處境。」
沙沙
嗚嗚……
好冷啊。
從明治四十一年一月二十一日到四月五日，啄木一直待在釧路。
那個酷寒的地方讓啄木學會了喝酒。
這地方……
太寂寥了啊。

於是，
離開了……故鄉啊……
他結識了名叫小奴的藝妓，沉醉在淺酌低唱之中。
好啊。
遙遙探問……
花開鳥叫
好！
微風吹拂
啊哈哈哈
三味線伴奏一邊唱歌，還挺不錯呢。
真好聽。

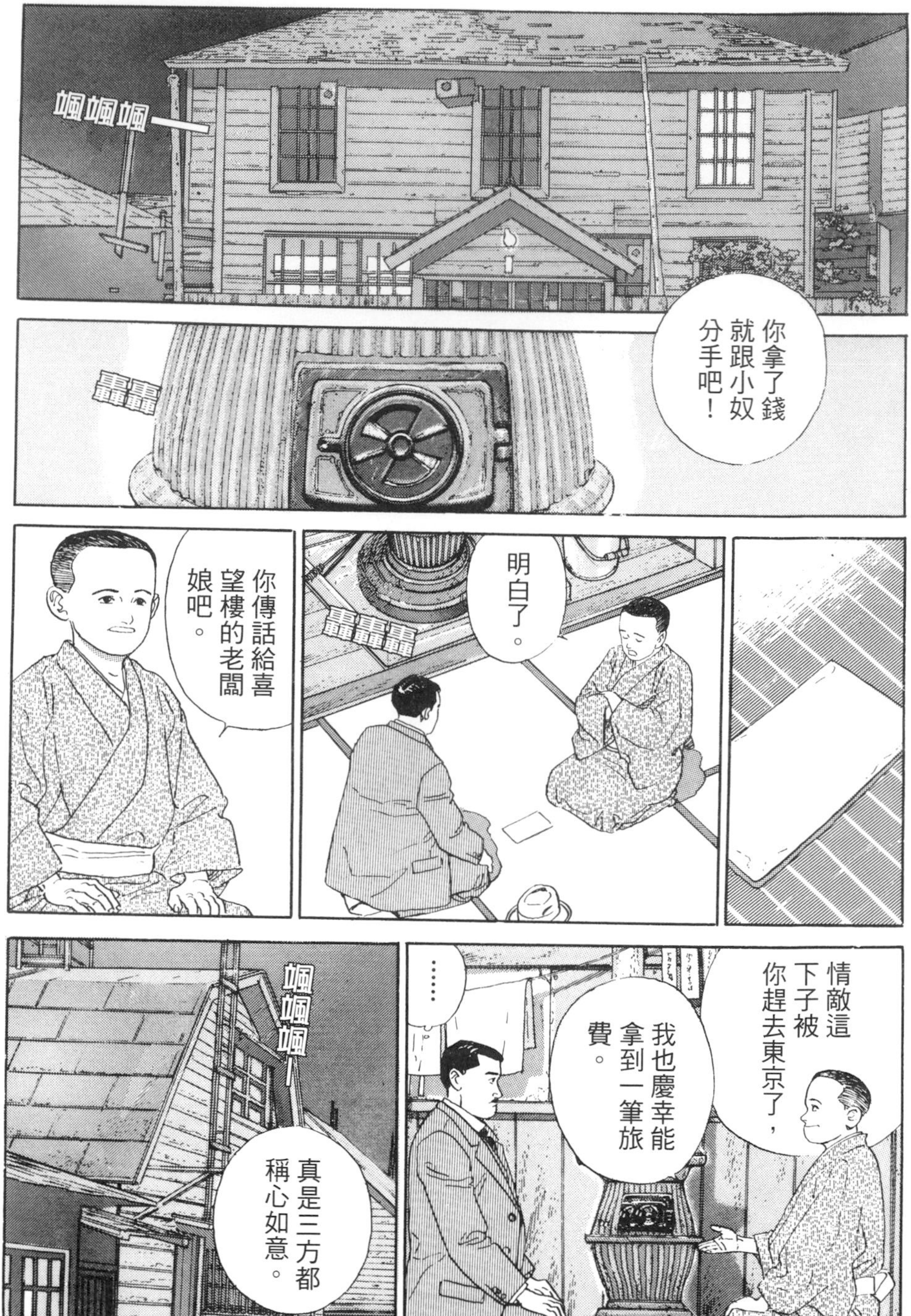

颯颯颯
轟轟
你拿了錢就跟小奴分手吧！
你傳話給喜望樓的老闆娘吧。
明白了。
轟轟轟
情敵這下子被你趕去東京了，
我也慶幸能拿到一筆旅費。
……
颯颯颯
真是三方都稱心如意。

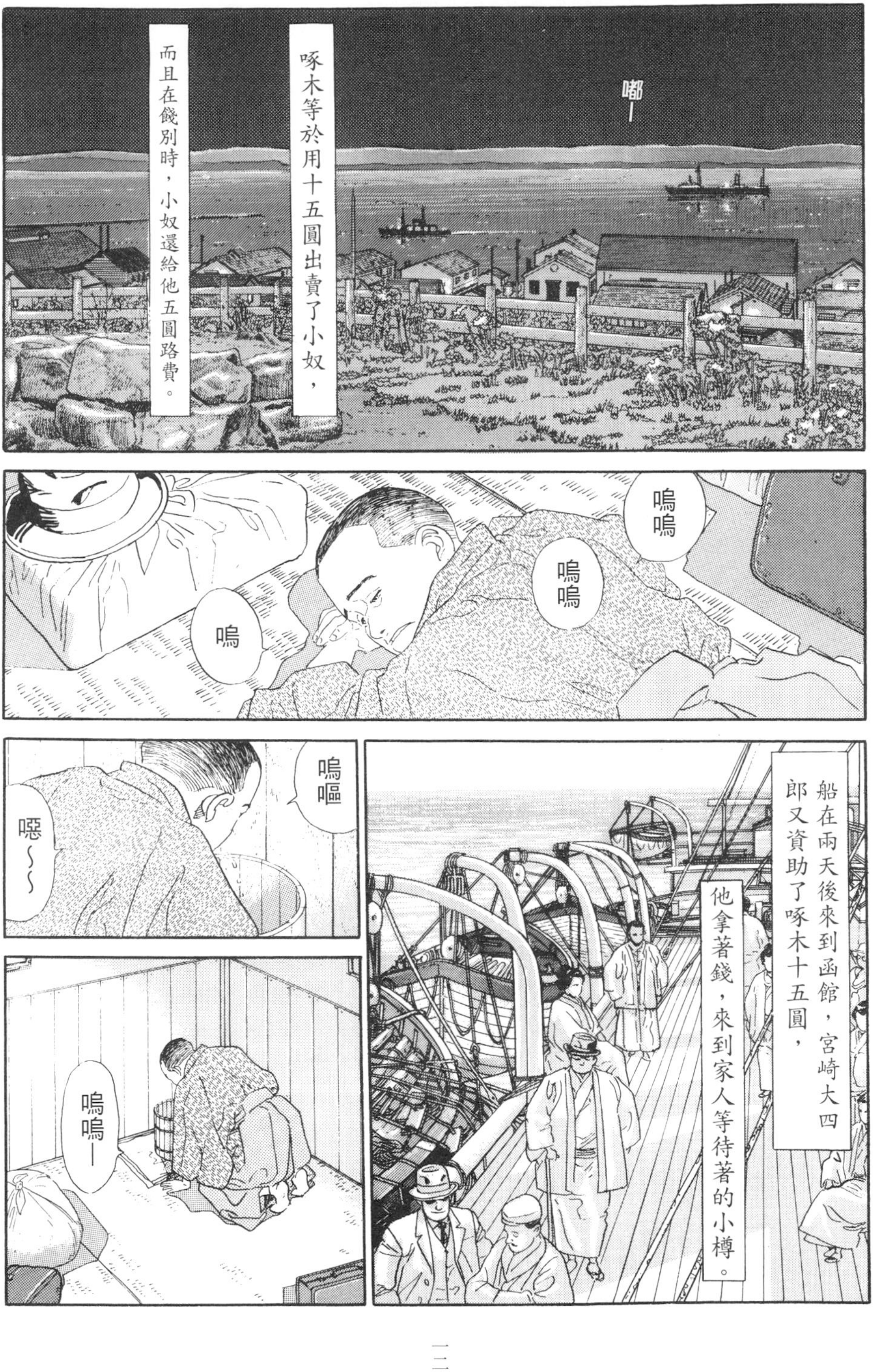
啄木等於用十五圓出賣了小奴，
而且在餞別時，小奴還給他五圓路費。
嘟ー
嗚嗚
嗚嗚
嗚
船在兩天後來到函館，宮崎大四郎又資助了啄木十五圓，
他拿著錢，來到家人等待著的小樽。
嗚嘔
噁～～
嗚嗚ー

為了讓留在小樽的家人搬家，宮崎又寄給他七圓。
回到函館，他卻把母親跟妻子丟給宮崎大四郎，獨自前往東京。
那是明治四十一年四月二十四日，
正好是一年前的事。
嚼嚼嚼嚼
嚼嚼嚼嚼

啄木是個什麼樣的人，
竟然若無其事地和自己拋棄過的藝妓小奴借錢？

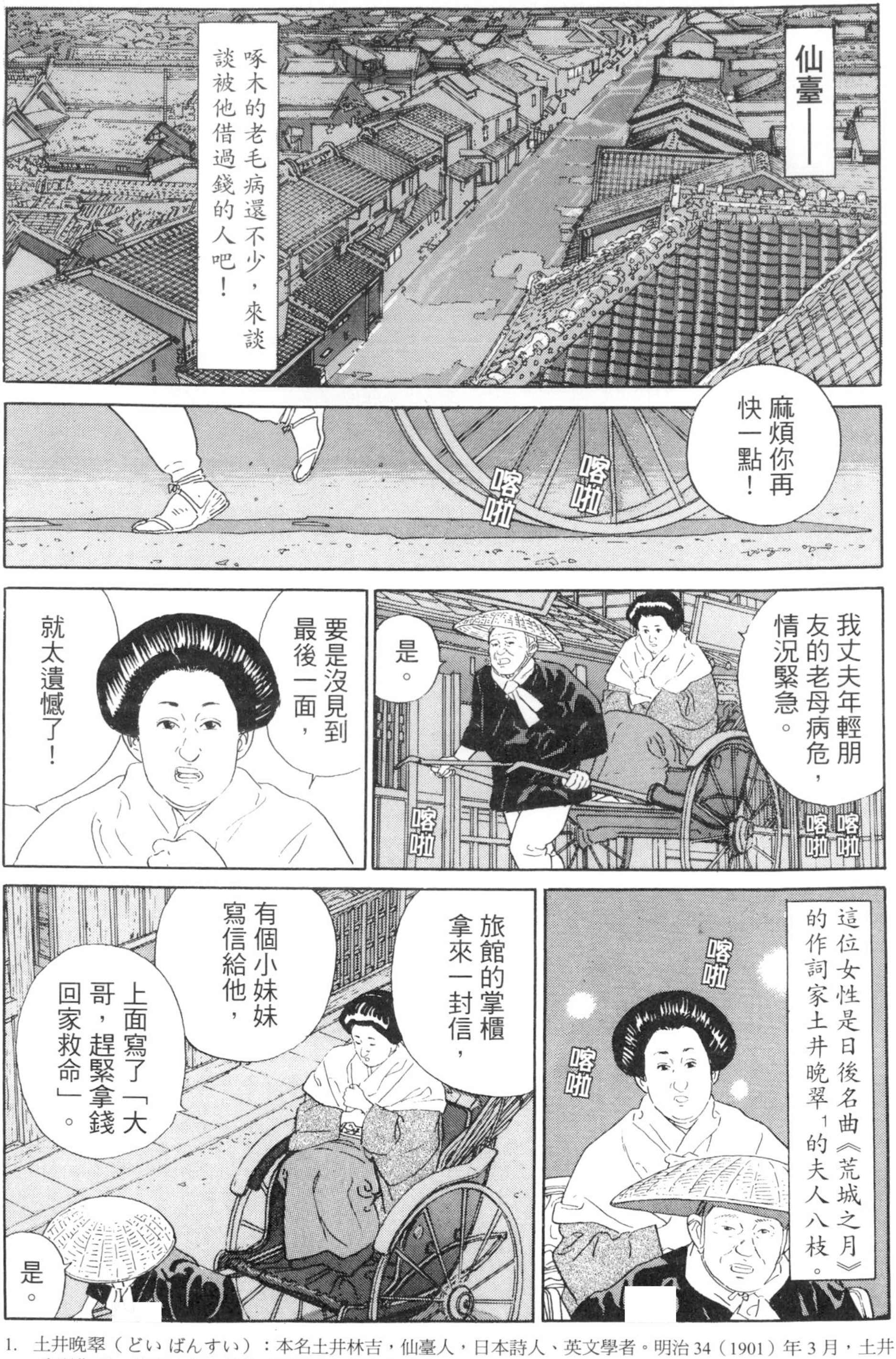
仙臺──
啄木的老毛病還不少，來談談被他借過錢的人吧！
麻煩你再快一點！
喀啦
喀啦
我丈夫年輕朋友的老母病危，情況緊急。
是。
喀啦
喀啦
喀啦
要是沒見到最後一面，
就太遺憾了！
這位女性是日後名曲《荒城之月》的作詞家土井晚翠1的夫人八枝。
喀啦
喀啦
旅館的掌櫃拿來一封信，
有個小妹妹寫信給他，
上面寫了「大哥，趕緊拿錢回家救命」。
是。

1. 土井晚翠（どい ばんすい）：本名土井林吉，仙臺人，日本詩人、英文學者。明治34（1901）年3月，土井晚翠作詞、瀧廉太郎作曲的《荒城之月》收錄於東京音樂學校所編的《中學唱歌集》。

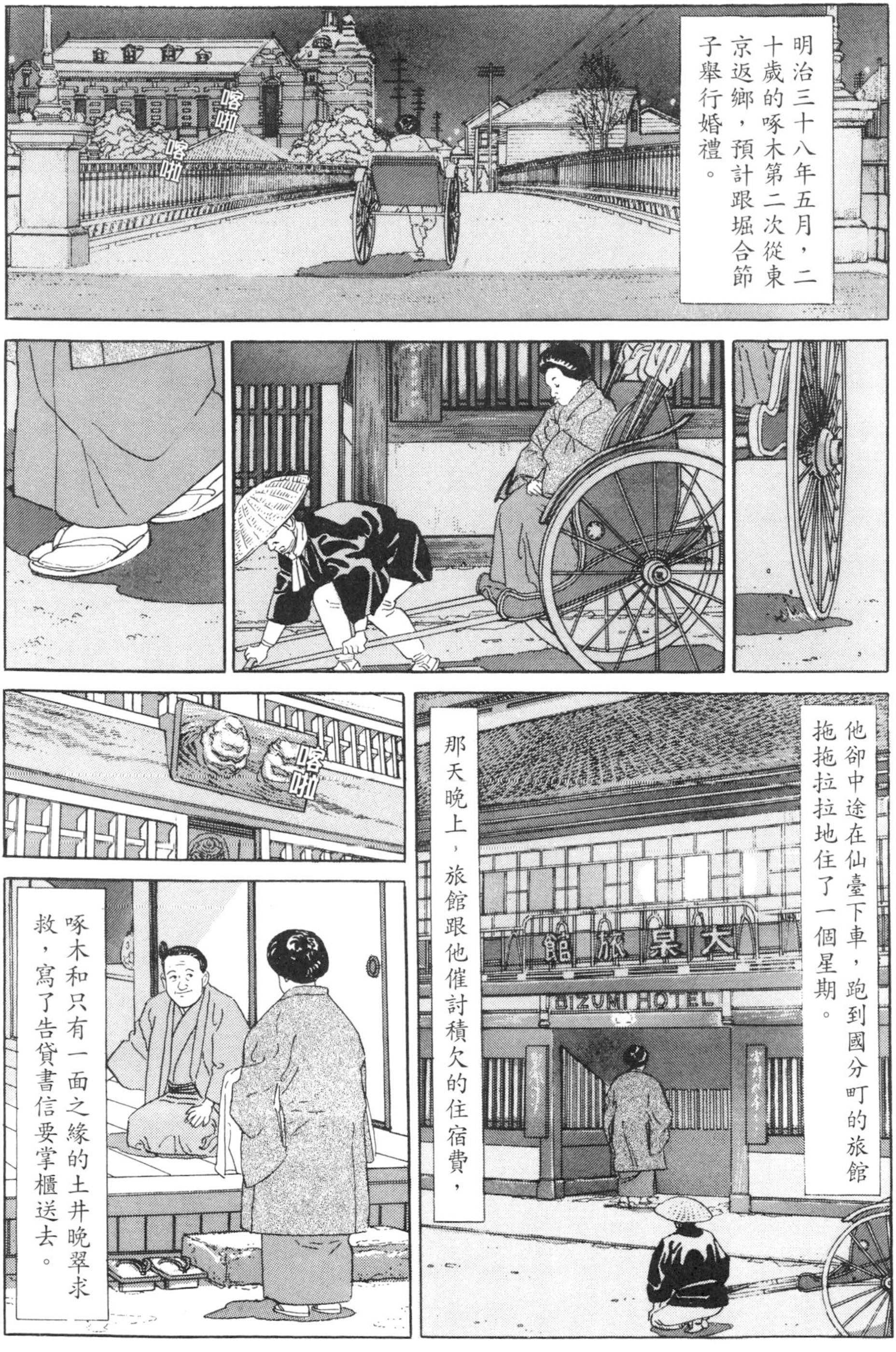
明治三十八年五月，二十歲的啄木第二次從東京返鄉，預計跟堀合節子舉行婚禮。
喀啦
喀啦
喀啦
他卻中途在仙臺下車，跑到國分町的旅館拖拖拉拉地住了一個星期。
大泉旅館
IZUMI HOTEL
那天晚上，旅館跟他催討積欠的住宿費，
啄木和只有一面之緣的土井晚翠求救，寫了告貸書信要掌櫃送去。

石川先生一定垂頭喪氣的吧？
您說是不是？
啊？
他人在這裡。
……
對了，我跟你說，
有點不好意思說出口，
鐵幹先生其實挺敬畏我的，
他是個好人，但是寫漢文風格的短歌是過去式了，
是嗎？
根本比不上太太晶子。

你們也多喝點，
叫他們再熱兩三瓶酒過來！
好。
啊……
推門
石川先生，
我帶錢過來了。
好。
您還是趕緊拿著錢趕回去吧，
令堂不是重病垂危嗎？
好……
讀小學的妹妹寫了信，我看到了。
怪了？
石川先生，
你有年紀那麼小的妹妹嗎？

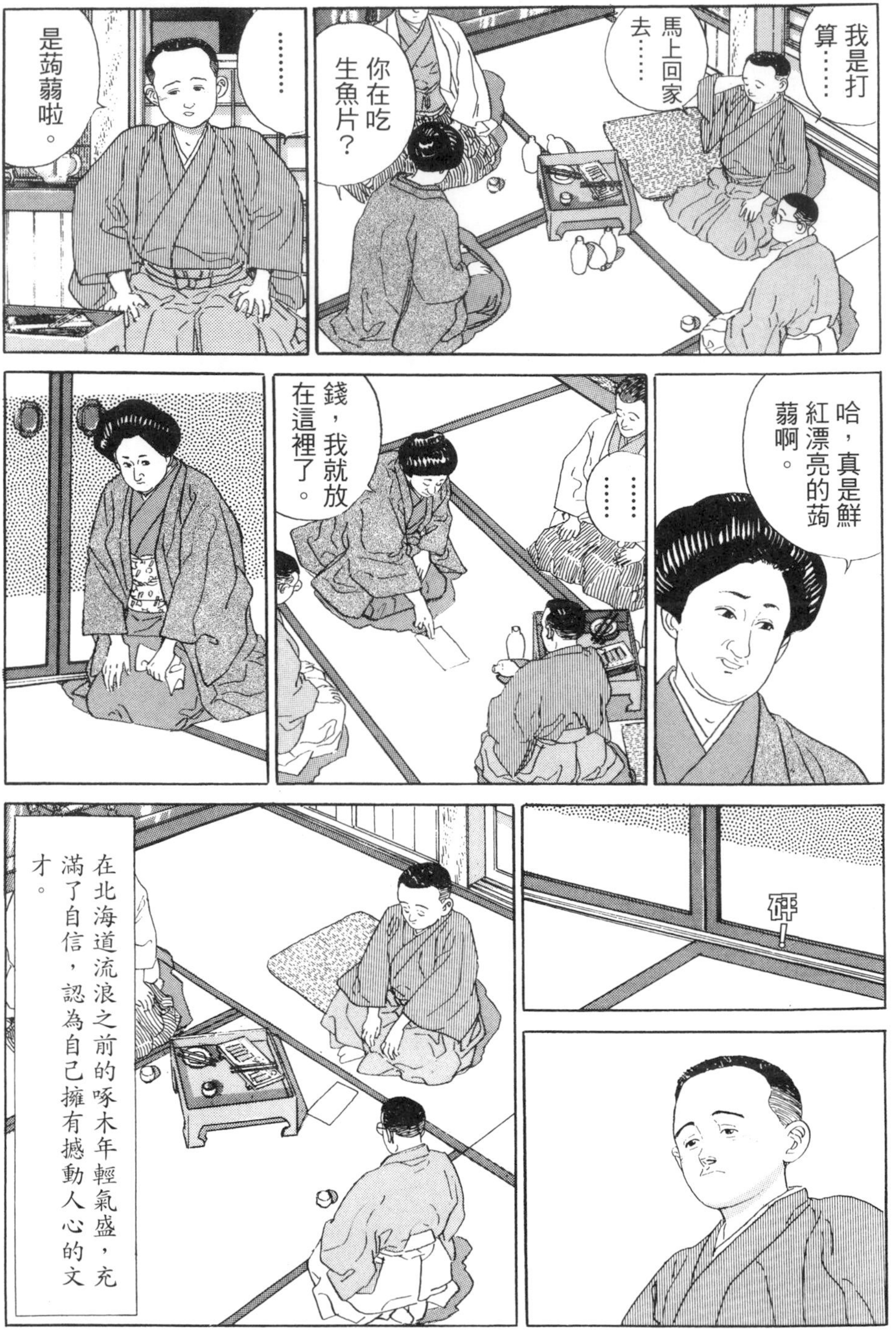
我是打算……
馬上回家去……
你在吃生魚片？
……
是蒟蒻啦。
哈，真是鮮紅漂亮的蒟蒻啊。
……
錢，我就放在這裡了。
砰！
在北海道流浪之前的啄木年輕氣盛，充滿了自信，認為自己擁有撼動人心的文才。

借貸書信同樣展現出他的文才，只是發洩的管道太扭曲了。
啄木最後並沒有好好反省，
在仙臺滯留了十天，既沒有趕上自己的婚禮，還欠了仙臺的旅館一筆債，只能逃之夭夭。

明治四十二年三月六日 早晨
喀啦
石川，
我沒有東西可當了。
早安，金田一兄。
這是夏天的上衣，多少可以換點錢吧？
不要緊了，釧路有人寄了二十圓給我。
釧路……
是誰？

以前跟你提過的藝妓小奴，
我跟她畢竟緣分未盡。
……
她把老公送她的金錶拿去典當，馬上寄錢給我。
嘆氣
跌坐
石川啊……
我明白，
有發電報感謝她了。
打電報？
是啊。
「人情溫暖比金錢更令人感激」，
怎麼樣？簡潔又感人，是一句名言吧？
石川你……
不是陶醉的時候吧？
我明白、我都明白，
三月一日開始，每個月都有二十五圓的薪水。

生計馬上可以解決，
家人可以過來了，
詩人啄木已經死了！
……
只剩下踏實生活的石川一了。
呼，
燙好了！
砰咚
這套衣服變得好舊啊。
你要出門嗎？
以後要上班，時間就不自由了。
太久沒解放了，
真想買條新的外褲……
……

石川先生，
請你下來一下，
房東有事要找你！
……
你既然有錢，不如先繳點房租吧！
我雖然想，但是不方便啊。
不是要踏實過日子嗎？
金田一兄，抱歉，
可以幫我跟房東說，月底再給他錢嗎？
吱嘎
石川！
喀啪

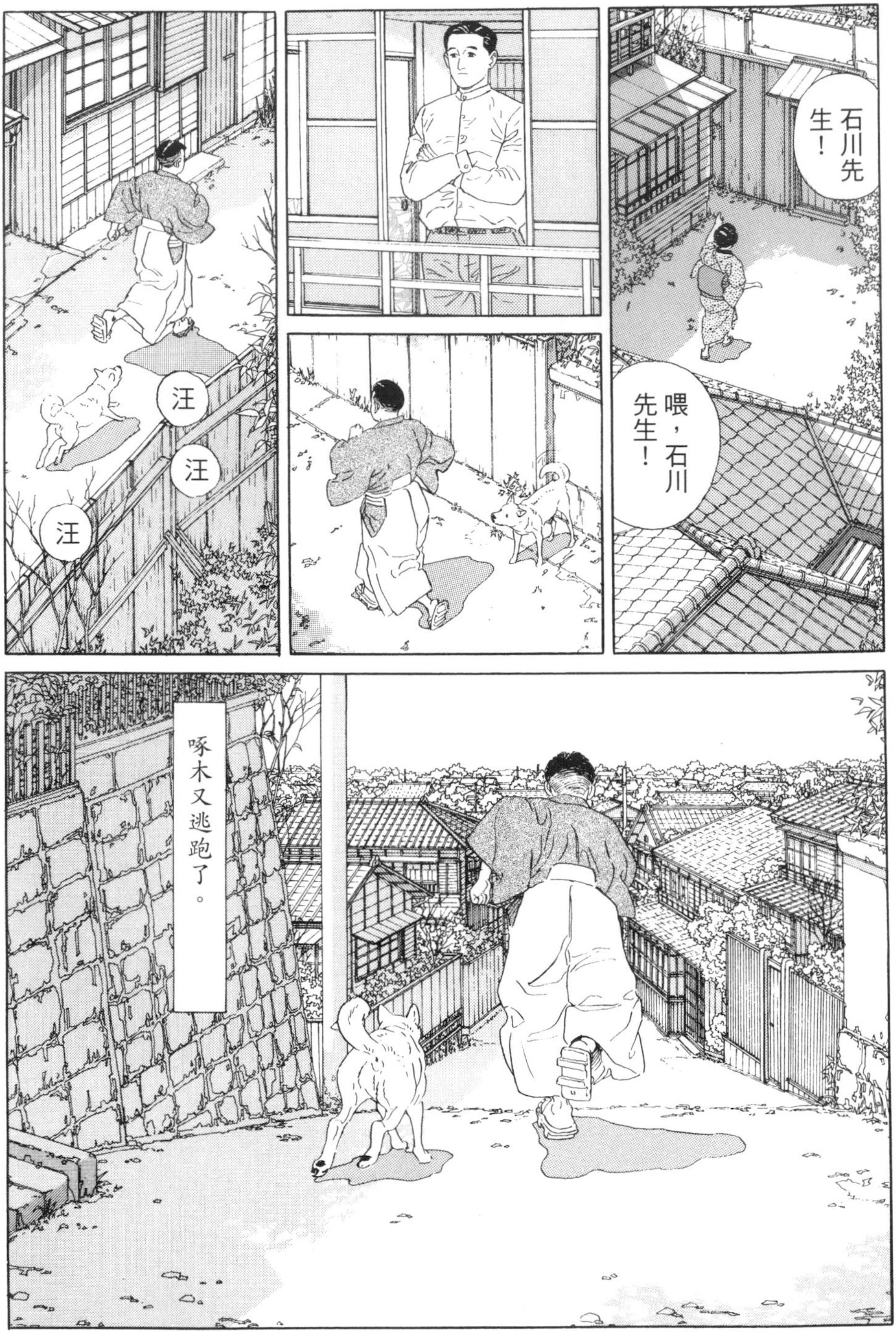
石川先生！
喂，石川先生！
汪
汪
汪
啄木又逃跑了。

第七章

墨田川木芽雨

借錢和想法子借到，是啄木人生的主要部分。
再進一步考察一下啄木的借錢生活吧。
聞到新的外文書的紙張香氣，
我就滿腦子想要錢。

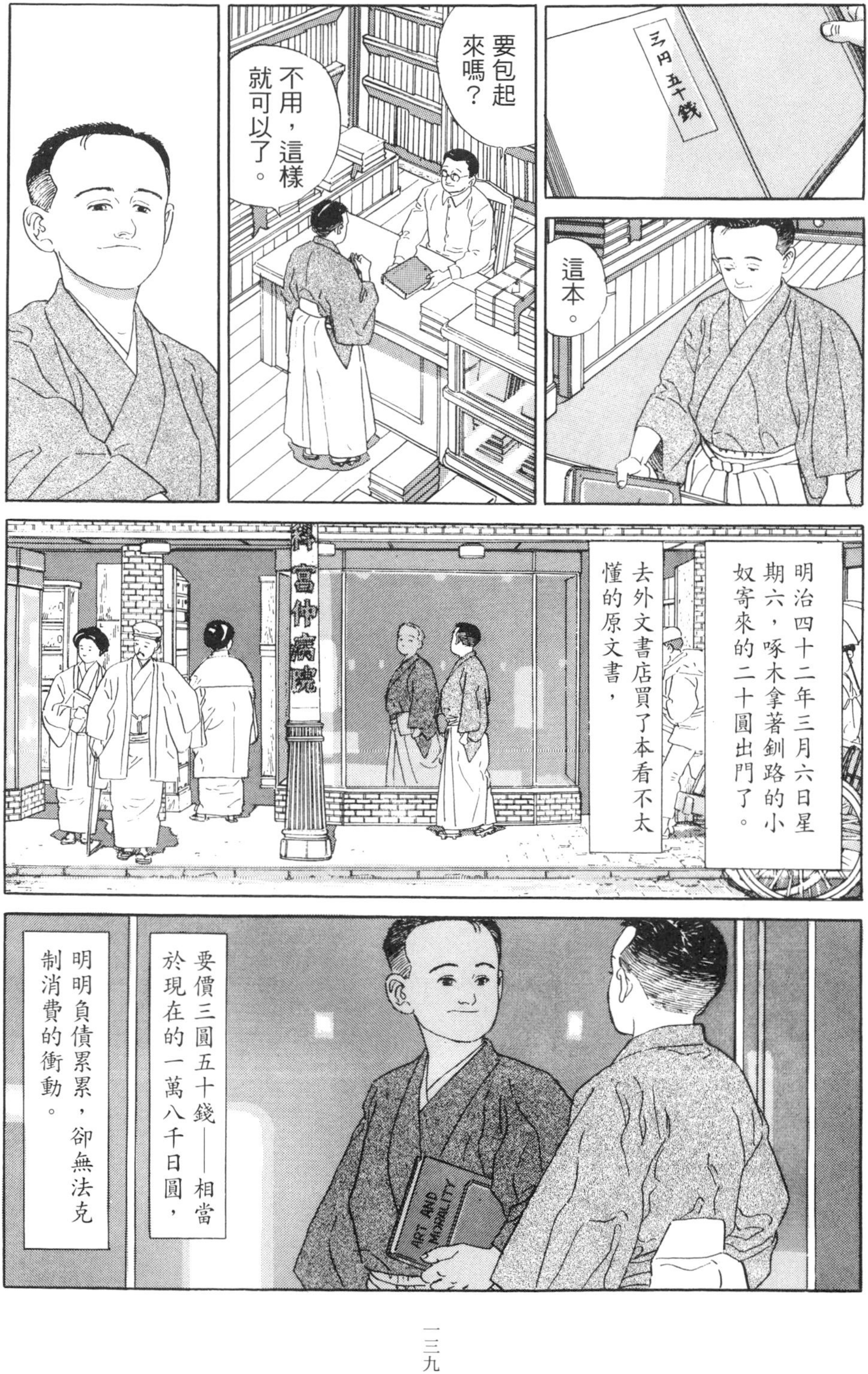
三円 五十銭
這本。
要包起來嗎？
不用，這樣就可以了。
明治四十二年三月六日星期六，啄木拿著釧路的小奴寄來的二十圓出門了。
去外文書店買了本看不太懂的原文書，
要價三圓五十錢——相當於現在的一萬八千日圓，
明明負債累累，卻無法克制消費的衝動。

叮
叮
轟隆
轟隆
然後從神田須田町搭車到兩國橋，參加「牧羊神會」。
請問……
您就是平塚小姐嗎……
……
咚

是平塚明子小姐吧？
我是石川，在東京朝日新聞上班。
你認錯人了。
我看過照片，
與謝野晶子夫人也跟我提過您。
平塚明子（號雷鳥），二十三歲
在前一年的初春，她和夏目漱石的弟子森田米松到下雪的鹽原溫泉嘗試殉情，博得「新女性」、「奔放女性」的外號。
看來您振作起來了呢。
……
說來還真巧，森田先生正在連載的小說，
負責校對的人就是我。
你認錯人啦，
她才不是什麼平塚小姐！
咚
咦？

她是平塚明子在日本女子大學低一年級的網球同伴，
名叫長沼智惠子。
轟隆
我想您讀過《煤煙》了吧？
……
啄木雖然觀察入微，卻又有遲鈍之處，性格一直非常矛盾。
他無法理解平塚明子為何否認，長沼智惠子又為何要幫忙掩飾。
轟隆
內容雖然鬆散了點，
不過是嘔心瀝血的力作。
偶然遇到驚世醜聞的女主角，讓他過度興奮了。
「我絕不是為了愛情，更不是為了情人而死。」
遺書也寫得好……

咚
我都背下來了。
……
「是為了貫徹此生的原則，」
「完成自我的孤獨旅程，是今生二十餘年來的勝利。」
別再胡說了！
這比一高的藤村操在華嚴瀑布石頭邊留下的遺書還要感人。
唯一可惜的是，
森田和您還活在世上，
要是壯烈地殉情身亡，就是流傳古今的名文了。
會感動所有青年……
啪！

轟隆
轟隆
咚
咚
咚
那個老是掛著笑臉的年輕人，
要是死了，
世上可能會顯得有些孤寂吧。
嘎嘎
嘎嘎

咚
咚
咚
咚
咚
咚
來到「牧羊神會」的會場，
年輕的藝術家模仿歐洲的沙龍形式，從明治四十一年年底，在每個月的第二個和第四個週六聚會。

喔，石川，你來得真早。
嗯。
太田正雄——筆名木下杢太郎，是醫生兼詩人。
拿得出來嗎？
什麼？
要交一圓會費。
沒問題，我賣了一部原稿，口袋裡有二十圓呢！
那麼，我可以坐在你旁邊了。
落座
為什麼？
你今天有錢，就不會伸手跟我借了吧？
錢這種東西，
只要掌握點人情世故，就能解決了。

1. 高村光太郎(たかむらこうたろう)：日本的詩人、畫家、雕刻家，明治 39（1906）年時前往紐約、倫敦、巴黎等地留學，於明治 42 年歸國。

2. 石井柏亭（いしい はくてい，1882-1958）：日本的版畫家、西洋畫家、詩人，「牧羊神會」的成員之一。

是你嗎？
你畫的？
是的。
這……
年紀輕輕，看人的眼光還真殘酷。
想當個畫家嗎？
不，
我要當軍人。
不行，
你絕對當不好軍人。
咦？

3. 山本鼎（やまもと かなえ 1882-1946）：日本的版畫家、西洋畫家、美術教育家，「牧羊神會」的成員之一，日後英年早逝的畫家村山槐多是他的親戚，當時就讀於京都府立一中。

很遺憾，你這種人只能當藝術家。
……
我這種半調子的才能反而活得久，我看你會英年早逝吧。
呸呸！
這張畫……
可以送給我嗎？
我很樂意。
我會珍藏的。
對了，還要簽名。
……要我簽名？
將來一定能賣個好價錢，
在角落簽上你的名字吧！
槐
第一やまと
這個字要怎麼唸？
唸作ㄏㄨㄞˊ
村上槐多的「槐」。

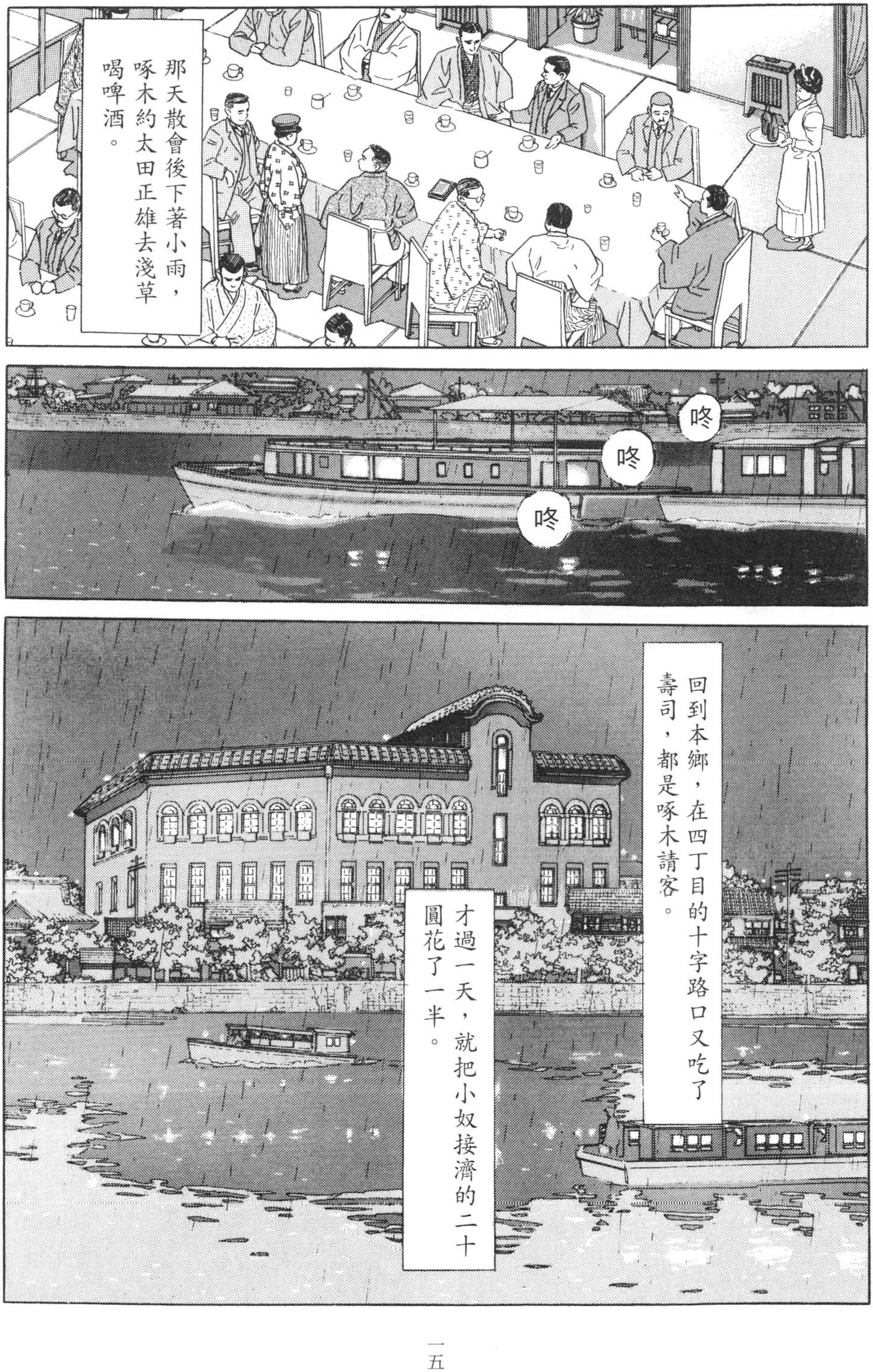
那天散會後下著小雨，啄木約太田正雄去淺草喝啤酒。
咚
咚
咚
回到本鄉，在四丁目的十字路口又吃了壽司，都是啄木請客。
才過一天，就把小奴接濟的二十圓花了一半。

再回到明治四[redacted]年，櫻花散落在春泥上任[redacted]踐踏的東京。

跟仙臺的土井夫人……
借了十圓，
還是十五圓？
當作十圓好了。
沙沙
大泉旅館那邊……
欠了七圓五十錢。
之前跟小奴借了五圓，所以總共欠她二十五圓……
釧路的債主還有書店和料亭啊……

唉，
這算是哪門子生活？
奇妙的是，啄木把過去所借的錢一絲不苟地記錄下來。
原來四、五年下來，欠債的總額竟然高達一千三百七十二圓五十錢，
拚命工作，拚命工作……
我的生活還是沒有好轉。
在東京朝日新聞社工作三年半，才能賺到這筆鉅款。

點頭
點頭
滑落
呼嚕
啄木的生涯就是不斷地借錢、不斷地賴帳，
直到死去他都無法忘記借款的明細，但依然無法償還。
・用接種牛痘來防止天花，以毒攻毒的治療法

啄木在三年後死去，收到一百四十六圓的奠儀，

諷刺的是，這就是他這輩子最大的意外收入了。

第八章　烈火般的女子——管野須賀子

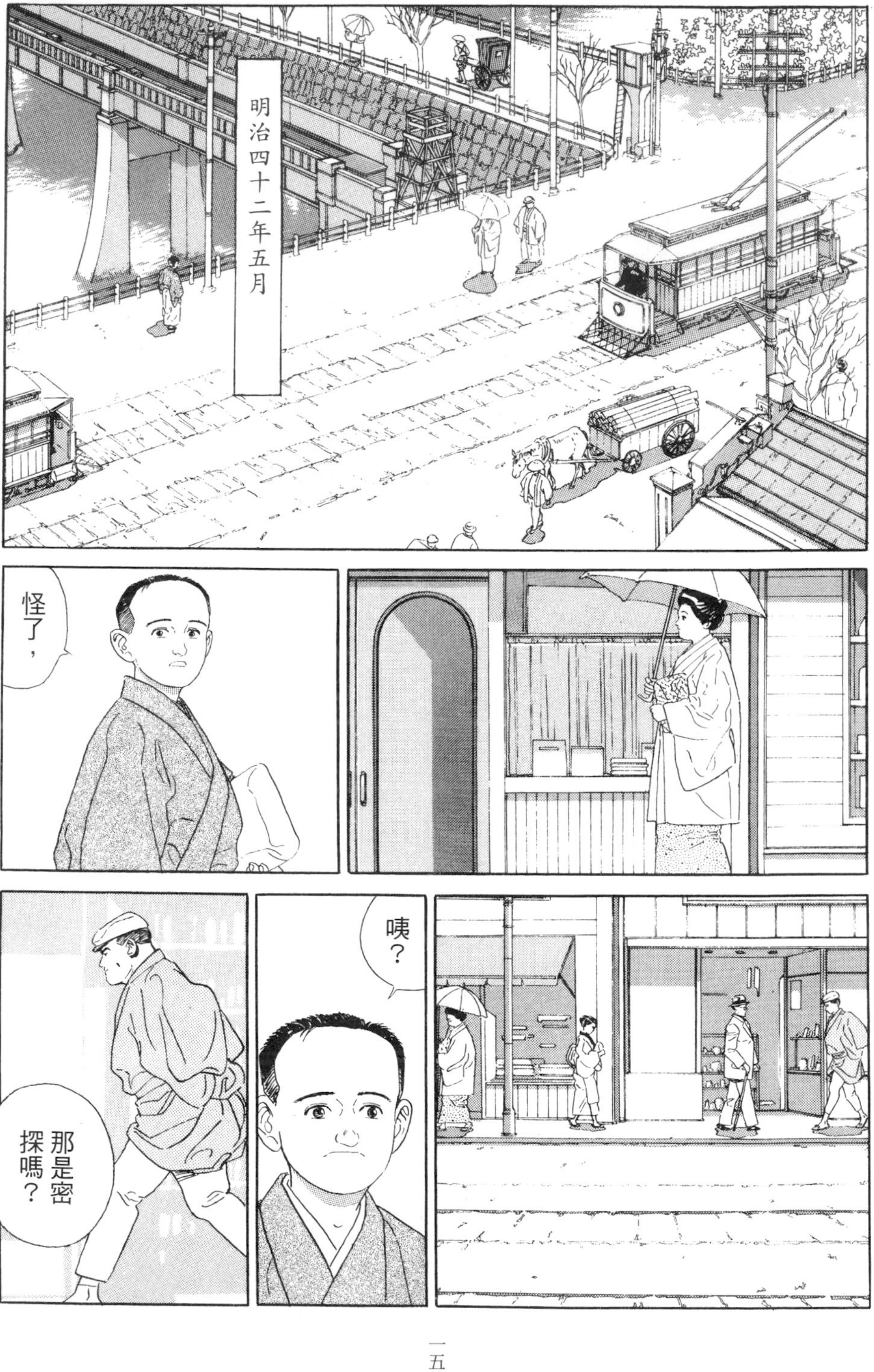

明治四十二年五月
怪了，
咦？
那是密探嗎？

喀噠
唔……
是要去日比谷公園？

日比谷公園是明治三十六年，用練兵場的廣大土地興建的，
是日本第一座公共人造庭園，也就是「公園」。
呼
呼
呼
日俄戰爭後的明治三十八年九月，這裡爆發日比谷暴動，日比谷公園的開設也象徵都市群眾的誕生。
這樣的公園帶動了群眾動員式的政治運動，一直延續到昭和四〇年代末期。

啊，
不好意思！
唉呀，這位書生，
木屐壞了？
是的。
我幫不上忙，
沒有手巾之類可以當鞋帶的東西。
不、不用了。
之前我在路上看過妳跟秋水先生在一起。
是嗎？
妳現在被人盯上了。
我為了告訴妳，才假裝木屐壞了。
真難為你了。
鞋帶還真的鬆脫了。
……

……
喂，來一下！
你過來一下！
……
果然是管野須賀子小姐，久仰了。
今天天氣真好。
是嗎？

喂，密探先生，
……
你也瞧瞧……
天空還真美。
管野須賀子（號幽月），二十八歲。
她稱不上是美人，卻有種難以言喻的魅力，可說是個魔性之女，
性烈如火的她，是個絕望的革命家。

聽說幸德先生把夫人送回娘家去了，
現在跟管野小姐一起同居？
這的確是事實，
但幸德先生和我不是醜聞關係，
算是同志之愛，或是同病相憐、相互依靠吧？
不只這位密探，
呃……
連警視廳也曉得我們是清白的。
好了！
讓官差替我修理木屐，真是擔待不起。
有什麼關係？
千駄谷房子對面的蔬果鋪有兩個人，後頭還有兩個，
三不五時被警察監視，一出門就會被跟監，
為了偵查我們兩人，天曉得花了多少稅金。
嘶吧
嘶吧

石川先生，
官府那些人啊，打算把我們逼上絕路。
……
一直被這些人阻撓，
稿子也沒人敢刊登，
呼~~
為了自尊，在別人面前我們裝作蠻不在乎，
心裡可是非常不安的。
退讓也只會餓死，那乾脆賭上一口氣，
所謂的反政府分子，不就是政府製造出來的嗎？
從祇園山遙望二本木……
身無分文，家產都在當鋪……

1. 東雲節（しののめぶし）：明治末年的流行歌曲，創作者不詳，歌詞不固定，主要反映當時的廢娼運動和社會貧困，「東雲樓」則是熊本風月場所的知名妓院。

哼！
從祇園山遙望二本木……
身無分文，家產都在當舖……
肅靜！肅靜！
餘興節目才表演到一半啊！
啪
啪啪
東雲樓……
荒畑勝三
村木源次郎
也罷工啦……
大杉榮
各位，快把旗子收好！
石川三四郎
趕緊收起來！

日子真難過，
啪啪
你也這麼說。
荒畑！
堺利彥
山川均
大杉！
你們太胡鬧了！
不對，
我們不是胡鬧，絕無此意！
明治三十九年二月，第一屆西園寺內閣受理日本社會黨的組黨申請，
西園寺和原敬2的穩健懷柔政策，讓力主鎮壓的山縣有朋和桂太郎充滿危機感。
好啊，
東雲樓……
也罷工啦……
好啊，
日子真難過～～

2. 原敬（はら たかし）：第十九任日本內閣總理大臣。原敬出身平民並曾擔任記者，報導朝鮮新聞時，獲得當時外務大臣井上馨賞識，被任命外務省祕書而開啟政界之路，日後成為大阪每日新聞社社長，亦是日本政黨「立憲政友會（政友會）」的創會會員，大正 7（1918）年米價暴動後，當時的寺內內閣為事件負責而總辭，由原敬接任組閣。

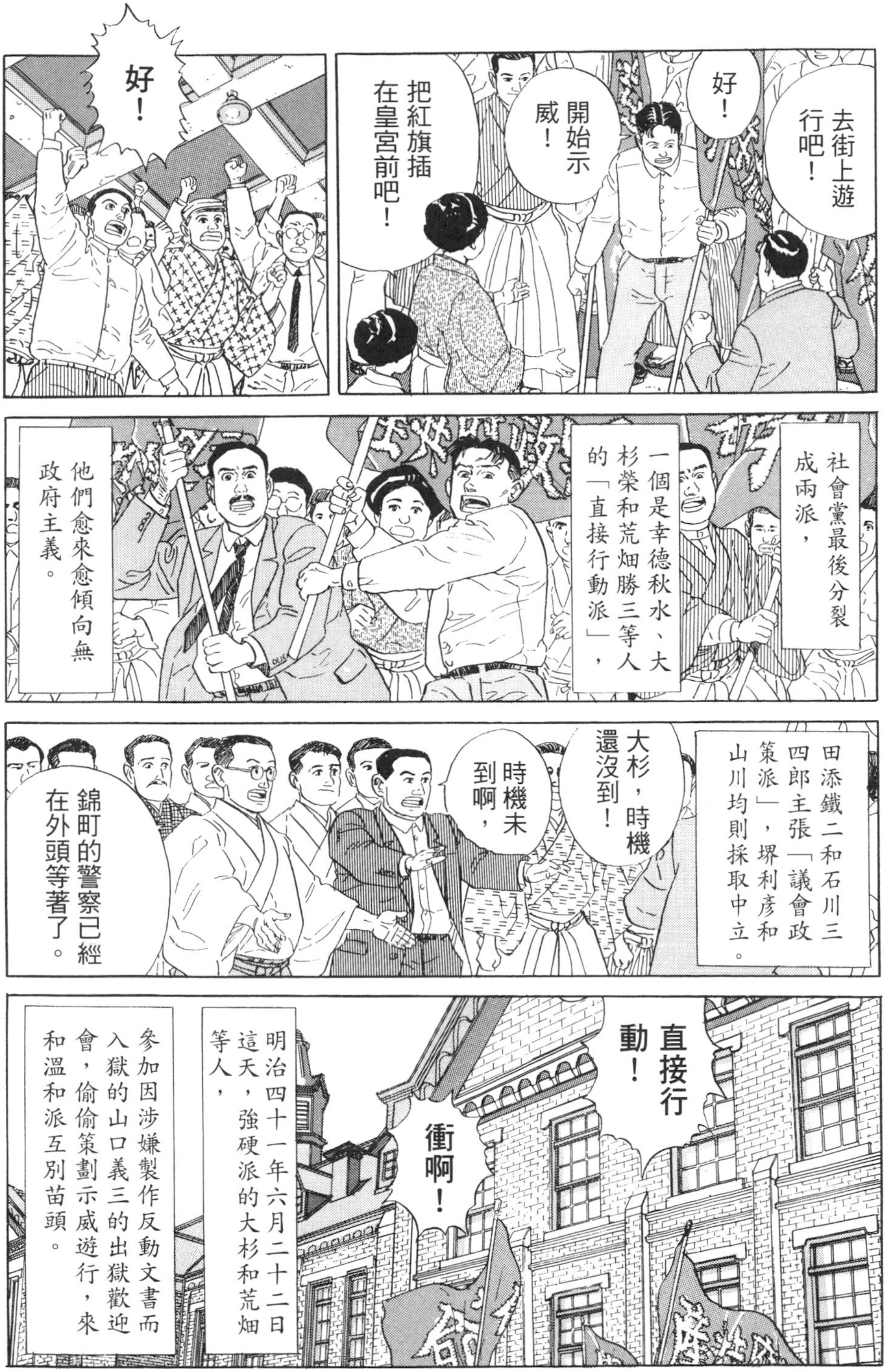
去街上遊行吧！
好！
開始示威！
把紅旗插在皇宮前吧！
好！
社會黨最後分裂成兩派，
一個是幸德秋水、大杉榮和荒畑勝三等人的「直接行動派」，
他們愈來愈傾向無政府主義。
田添鐵二和石川三四郎主張「議會政策派」，堺利彥和山川均則採取中立。
大杉，時機還沒到！
時機未到啊，
錦町的警察已經在外頭等著了。
直接行動！
衝啊！
明治四十一年六月二十二日這天，強硬派的大杉和荒畑等人，
參加因涉嫌製作反動文書而入獄的山口義三的出獄歡迎會，偷偷策劃示威遊行，來和溫和派互別苗頭。

從祇園山遙望二本木……
身無分文，家產都在當舖……
嗶──
嗶嗶──
嗶、嗶！
嗶──
衝進和田倉門吧！
把紅旗獻給天子！
衝啊──
解散
解散
快給我解散！
不然就要逮捕了!!

叮
東雲樓……
也罷工啦……
叮
嘩嘩
噹
嘩——
嘩——
咦？
那個人不是荒畑嗎？
伊集院警視正，現在該怎麼辦？
進行逮捕！
全部抓起來嗎？
那群拿著紅旗的人，全部逮捕。

罪名是反抗官府，
以及違反治安警察法。
啊！
嗶嗶嗶嗶嗶～～
逮捕！
允許拔劍！
上啊—

咕咚
你們啊，
嘩啦!
就是狐假虎威……
臭小子!!
砰
咚
咕咚

什麼？
妳們想把紅旗拿回去？
那是我們的財產啊！
既然是私有財產，當然有權利收回吧？
妳們幾個，
是不是瘋啦？
大須賀里子
讓我們和荒畑和大杉兩人會面！
神川松子
他們沒事吧？
小暮禮子
不准拷問犯人，我們不會善罷甘休的！
喔？
不會善罷甘休?!
那好……
幾位女同志要一起關進拘留所嗎？
什麼意思？
給我放手！
哎唷？
叫你趕快放手呀！

快滾開！
好痛!!
猛抓
哼。
管野——
妳這女人——
噗通
還沒完，
給我站好！
妳這個社會主義分子！
咕嘔

妨礙國家安寧的暴徒！
勒住
嗚嗚
這個賤女人！
山川！
啊！
住手！
人早就昏過去了。
給我冷靜點，
山川！
！
滑落
是…
何必對女人出手這麼重？

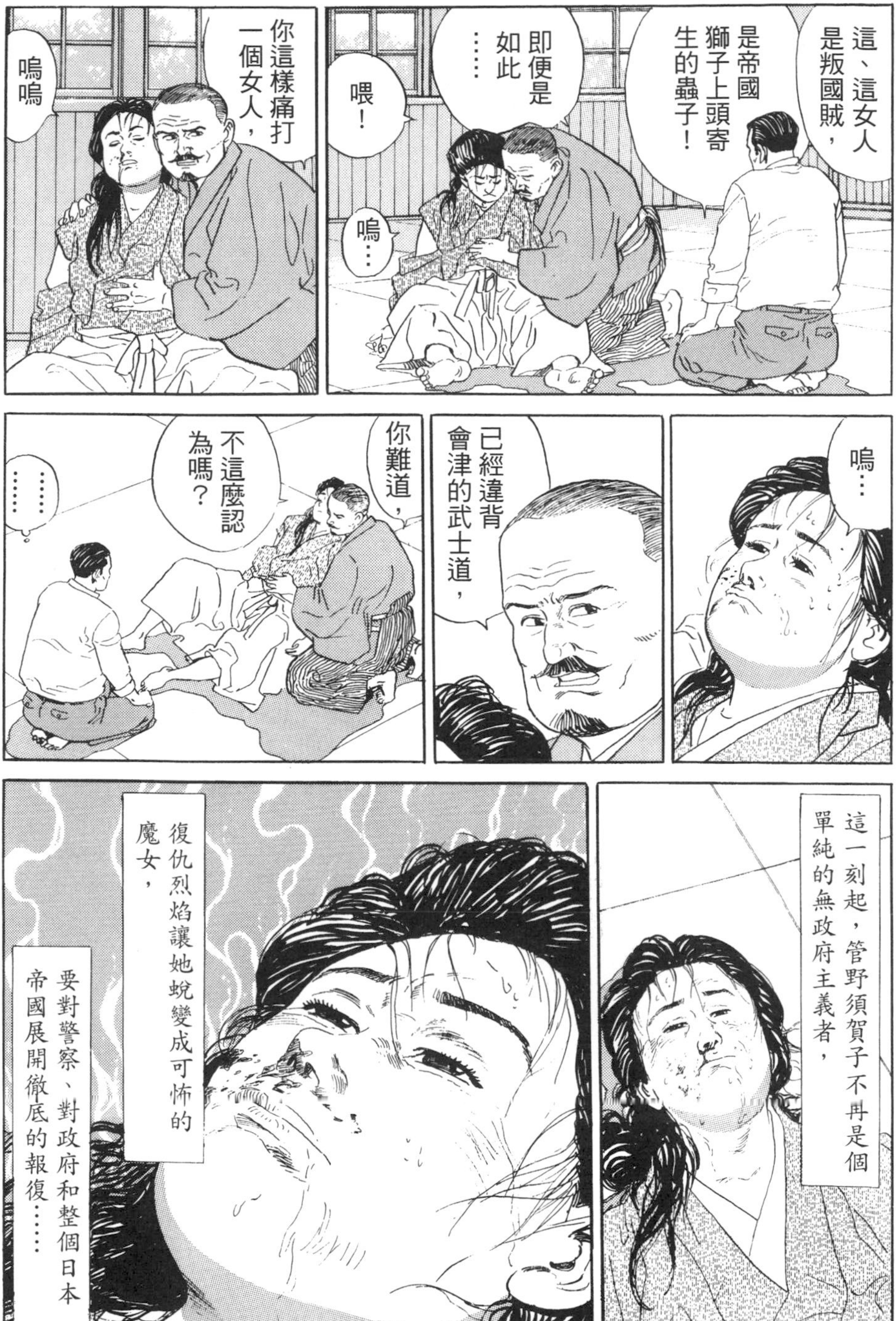
這、這女人是叛國賊，
是帝國獅子上頭寄生的蟲子！
即便是如此……
喂！
嗚……
你這樣痛打一個女人，
嗚嗚
嗚……
已經違背會津的武士道，
你難道，
不這麼認為嗎？
……
這一刻起，管野須賀子不再是個單純的無政府主義者，
復仇烈焰讓她蛻變成可怖的魔女，
要對警察、對政府和整個日本帝國展開徹底的報復……

明治四十一年七月三日
柔道師範西鄉四郎來到鍛冶橋的警視廳，和昔日弟子——目前負責取締國事犯的警視正伊集院影韶會面。
他以個人身分，對錦町警察署在偵訊時的執法過當提出檢舉。
我大致上認同您的話……
但是，
坐下
……
遞
這種事萬萬不能允許。
一刀兩斷天王首，
落日光寒巴黎城。
這是管野須賀子寫的？

不是……
被捕的十個男人中，有人在拘留所牆上寫了這種話。
唉……
日俄戰爭之後，青年們就心生動搖。
不只是知識分子，年輕勞工也相當不安。
不，整個日本似乎失去了目標。
您也明白吧？這是國家防衛戰結束後的虛脫，
這個急就章的國家，累積了四十年來的疲乏，
急速前進的日本面臨許多矛盾與衝突，
青年萌生出改革社會的志向，
我們當然必須給予諒解。
……
然而，
咚咚
這是不能允許的。
這樣的想法會讓維新大業化為烏有，
放任他們「革命」，前人的「革命」就會毀於一旦。

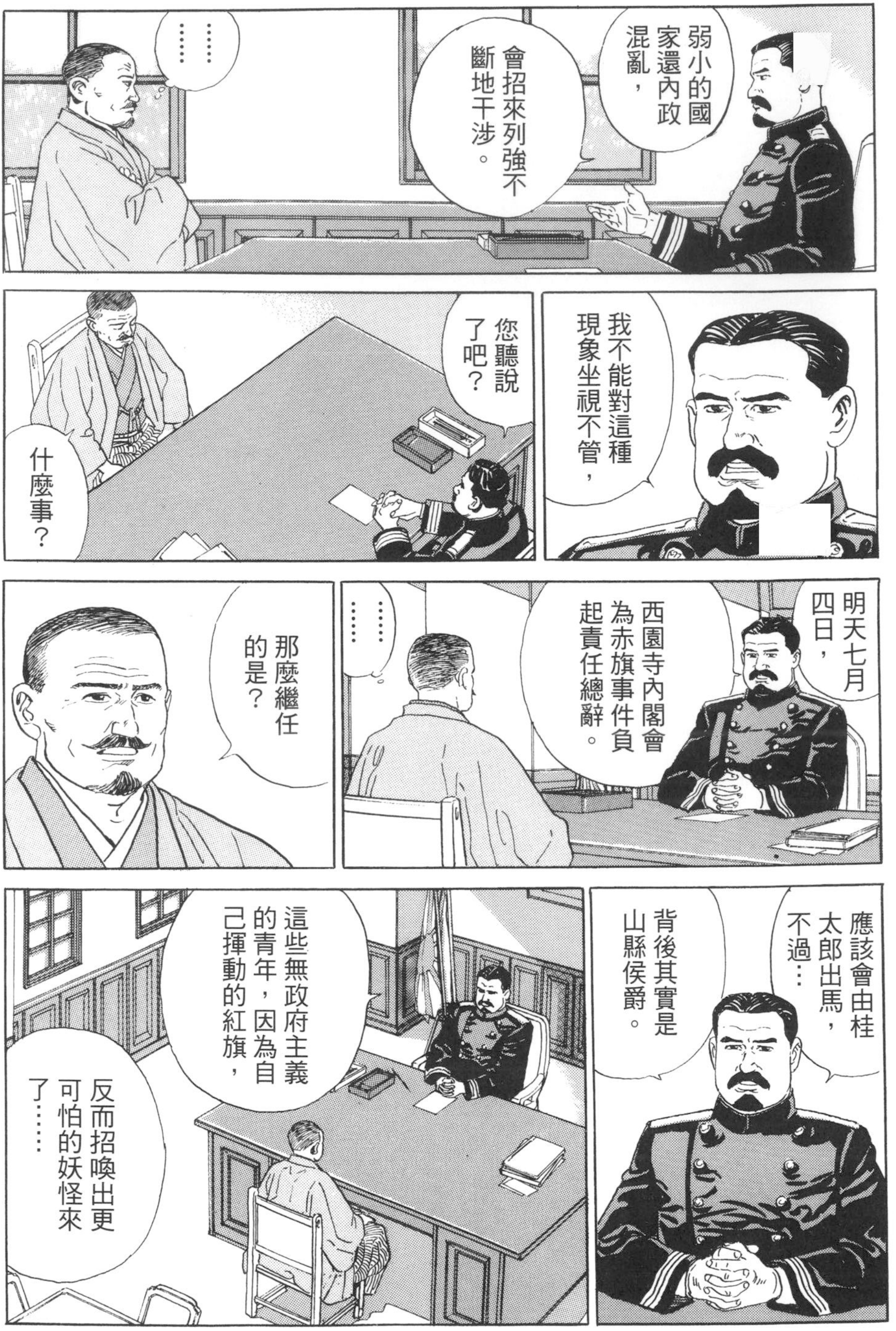
弱小的國家還內政混亂，
會招來列強不斷地干涉。
……
……
我不能對這種現象坐視不管，
您聽說了吧？
什麼事？
明天七月四日，
西園寺內閣會為赤旗事件負起責任總辭。
……
……
那麼繼任的是？
應該會由桂太郎出馬，不過…
背後其實是山縣侯爵。
這些無政府主義的青年，因為自己揮動的紅旗，
反而招喚出更可怕的妖怪來了……

再回到明治四十二年的五月。
管野須賀子、石川啄木和跟監的密探，奇妙的三人組穿過日比谷公園的十字路口，天氣炎熱，走沒幾步就滿頭大汗。
好熱的天，
走路真難受。
妳要到那裡去？
新宿內藤町。
電車是從內堀線的半藏門換車吧？
我連電車錢都沒有啊。
被官府嚴密看管，落得身無分文……
……
不然，你請我搭人力車嘛。
饒了我吧，
妳也知道巡查的薪水少得可憐。
我這張車票給妳用！
唉呀，石川先生，可以嗎？

日俄戰後，日本就被捲入幽暗的漩渦，朝某個方向沉沒……
正如啄木所說，國家的意志和國民意識產生乖離，一步步來到「閉塞的時代」了。

第九章

退一步則餓死，進一步則爆發

明治四十二年，初夏的午後。
互不相識的平塚明子和管野須賀子在雉子橋上擦身而過。
她們象徵著日俄戰爭後都市知識女性的兩種典型。
銀座——春天西餐廳

煤煙　二十一之二
森田草平
哼。
啪沙
大人！
嗯。
在眾目睽睽的地方碰面，
真的不要緊嗎？
我當然想來春天西餐廳開開洋葷，但……
你坐吧，
他們都被逼到山窮水盡了，
不會到這麼貴的地方吃飯。
唉，還真可憐，
像那個管野須賀子，
竟然連電車也搭不起，
路邊遇上一個年輕的窮小子，對方還給她車票搭電車。

喔？那個人是誰？
這個嘛，其實我之前見過他一兩次，
因為他和管野巧遇，我便探查了一下底細。
他是在東京朝日新聞社做校對的石川一，
但懷裡沒有半張無政府主義的傳單，過去和無政府共產主義分子也沒有往來。
八成是被管野的魅力勾住了……
跟幸德秋水還有坐牢的荒畑同病相憐。
石川一…？
那個以白蘋[1]為號的和歌詩人？
他是會寫詩，
但是叫作啄木。
是嗎……
寫得倒還不錯，有幾分淺斟低唱的情趣。
啥？
秋水身邊有狀況嗎？
寄住的信州[2]人新村忠雄上個月底去了紀州。[3]
紀州……

1. 啄木早年以「白蘋」為號，後來才在與謝野鐵幹的建議下將筆名改為「啄木」。
2. 信州：現在的日本長野縣。
3. 紀州：指的是現在的日本和歌山縣和三重縣南部。

是的，我讓手下扒過了，他沒帶什麼可疑的文件，
火車票也是用一大把零錢湊合著買的。
應該不是派他外出聯絡，
只是把人趕跑罷了。
那他們計畫出版的雜誌底稿，
查到了沒？
從工廠運出來後，就藏在深川的熟人開的料理店天花板上，
您有何打算……要偷過來嗎？
不，先不用去管它。
但是，
要好好留意製造爆裂物的跡象，
細碎的零件或是隨手塗鴉的草圖也不能放過。
好的。
起身
我先出去，
你在這裡待一會兒再走。
好的。

銀次，
長谷川二葉亭算是你的舊識嗎？
您是說東京朝日的長谷川辰之助先生？
他應該還在俄羅斯吧？
不，
他在印度洋上。
印度洋？
……為什麼？
聽說他病情沉重，已經踏上歸途了，
看來情況不妙。
他恐怕，
撐不到橫濱港了。
……
……

森軍醫總監好。
你是……
我是警視廳的伊集院影韶警視正，
前幾天在《昴》雜誌上拜讀到您久違的大作。
《昴》的三月號有篇鷗外的小說，題為《半日》。
您改成寫新潮流的作品了嗎？
……
鷗外在作品裡描寫私生活，妻子和母親極度不睦，
小說裡的妻子對婆婆厭如蛇蠍，經常歇斯底里地喊：「我不要再聽到那人惹人厭的聲音了！」
不，
那是……
這是令嬡嗎？
我叫茉莉。

恕我先告辭了。
森田草平在《煤煙》中赤裸地描寫個人的體驗，鷗外受其影響寫下了《半日》。
這部作品在他家中製造出更多紛爭，但也成為鷗外晚年長達十三年旺盛創作的出發點。
爸爸！
好，進去吧。
妳想吃布丁，
還是泡芙呢？

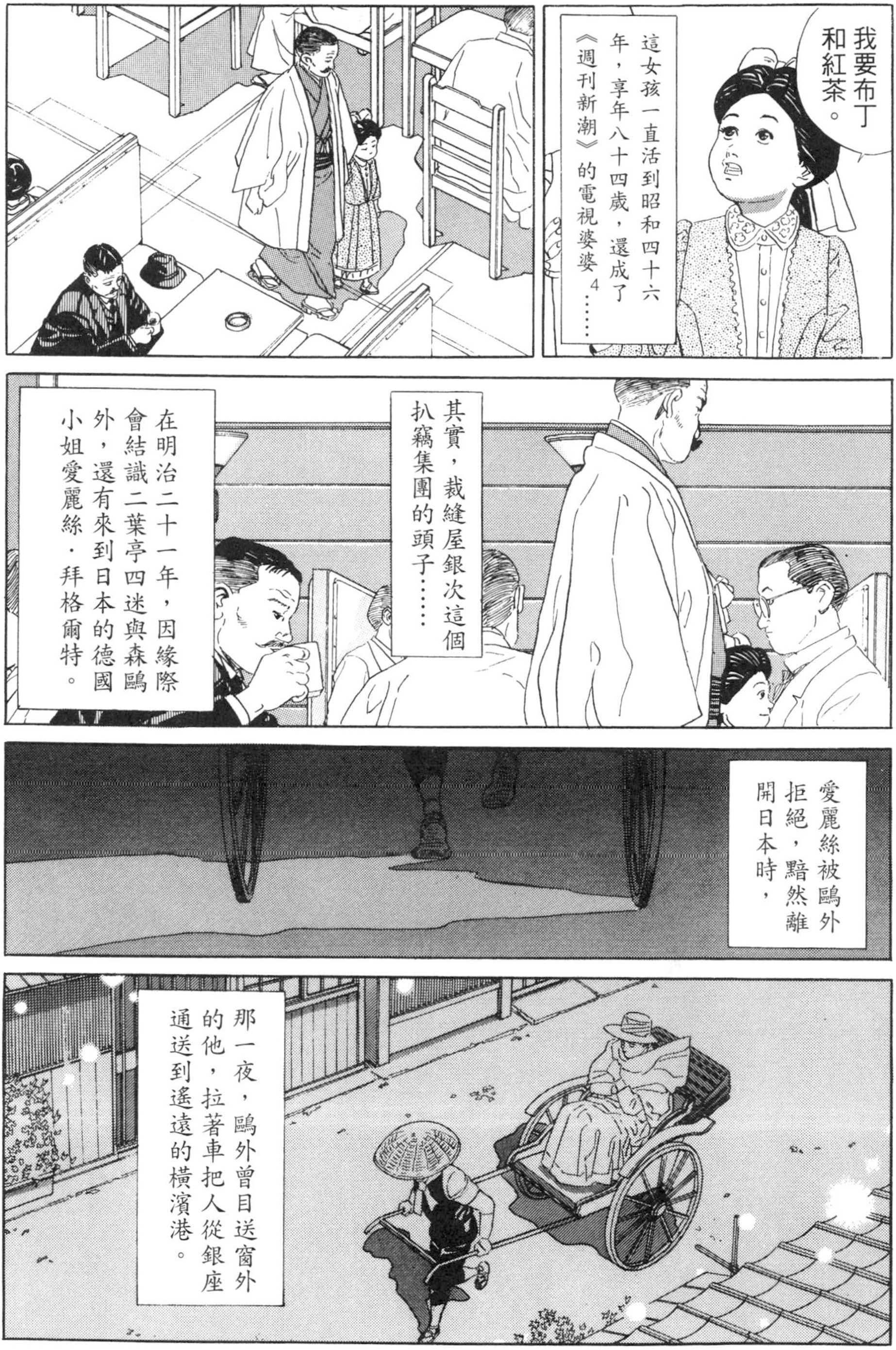
我要布丁和紅茶。
這女孩一直活到昭和四十六年，享年八十四歲，還成了《週刊新潮》的電視婆婆[4]……
其實，裁縫屋銀次這個扒竊集團的頭子……
在明治二十一年，因緣際會結識二葉亭四迷與森鷗外，還有來到日本的德國小姐愛麗絲·拜格爾特。
愛麗絲被鷗外拒絕，黯然離開日本時，
那一夜，鷗外曾目送窗外的他，拉著車把人從銀座通送到遙遠的橫濱港。

4. 森茉莉從七十六歲到八十二歲（1979-1985），每週在《週刊新潮》雜誌上連載專欄，評論當時的電視節目和藝人。

那已是二十一年前的遙遠往事了。
站起
銀次沒注意到鷗外，
鷗外也不認識銀次。

山縣有朋和桂太郎的鎮壓實在是瘋了！
幸德秋水，時年三十八歲
去年的「赤旗事件」，
不過是幾個青年揮舞旗子，跟警察起了點衝突而已。
話說回來，那是直接行動派對議會派的揶揄，
是大杉那幾個小子稚氣流露，
如果是原敬那個老狐狸撐腰的西園寺內閣，最多只會判處兩、三個月監禁，
陰險的山縣就另當別論了。

大杉被判了兩年半，出來阻止的堺跟山川也被波及，
坐牢兩年。
荒畑被判了一年半。
荒畑……
揮一下旗子就算妨礙治安的話，
獅王牙粉的廣告又該怎麼說？
是啊。
俱樂部洗衣粉的旗幟也有礙治安啊。
內山愚童　三十六歲
警察也得把他們都抓起來坐牢吧？
坂本清馬　二十五歲
沒錯，沒錯！
下筆沒有自由，舌頭也被綁上鐵鎖啦。
森近運平　二十八歲
內山愚童是曹洞宗箱根林泉寺的住持，他虔誠的佛教信仰由救濟世人，逐漸轉為社會主義，那時他相當激進。

依據《熊本評論》，坂本清馬是個血氣方剛的社會主義青年，但後來被大他幾歲的管野須賀子迷得神魂顛倒，幸德秋水看不慣和他爭執，兩人從此分道揚鑣。
森近運平是個記者，一開始受到堺利彥的影響，堺因為「赤旗事件」入獄後，他和秋水走得很近。
真的是下筆沒有自由，舌頭也被綁上鐵鎖啊。
這樣的時代，有氣魄的志士正該積極進取推動大業，
時候到了，大家認為呢？
我有同感。
這時候，
我們得出奇招來反擊！
讓政府的爪牙大吃一驚吧，
說得好。
老師！
……

製作炸彈，發動暴力革命，
掠奪富人，把財富分給窮人，
燒掉政府機構！
乾脆殺進皇宮，樹立無政府主義的政權吧！
啊哈哈哈哈哈！
哇哈哈哈哈哈！
哈哈哈哈！
唉……
有五十名死士的話或許可以成功，但……
……

前一年，明治四十一年的夏天
秋水從土佐中村再次來到東京，一直受到當時的桂太郎第二次內閣執拗的高壓迫害，山縣有朋仍是內閣的幕後人物。
他在住家開設勞動青年的「革命座談」鼓吹行動，自己卻鬱悶不已，
這時恐怕連秋水本人都還不清楚自己是認真的，還是在開玩笑。
還沒有人出來嗎？
是，沒有。
自由思想社
一出來就馬上搜身。
自由思想社

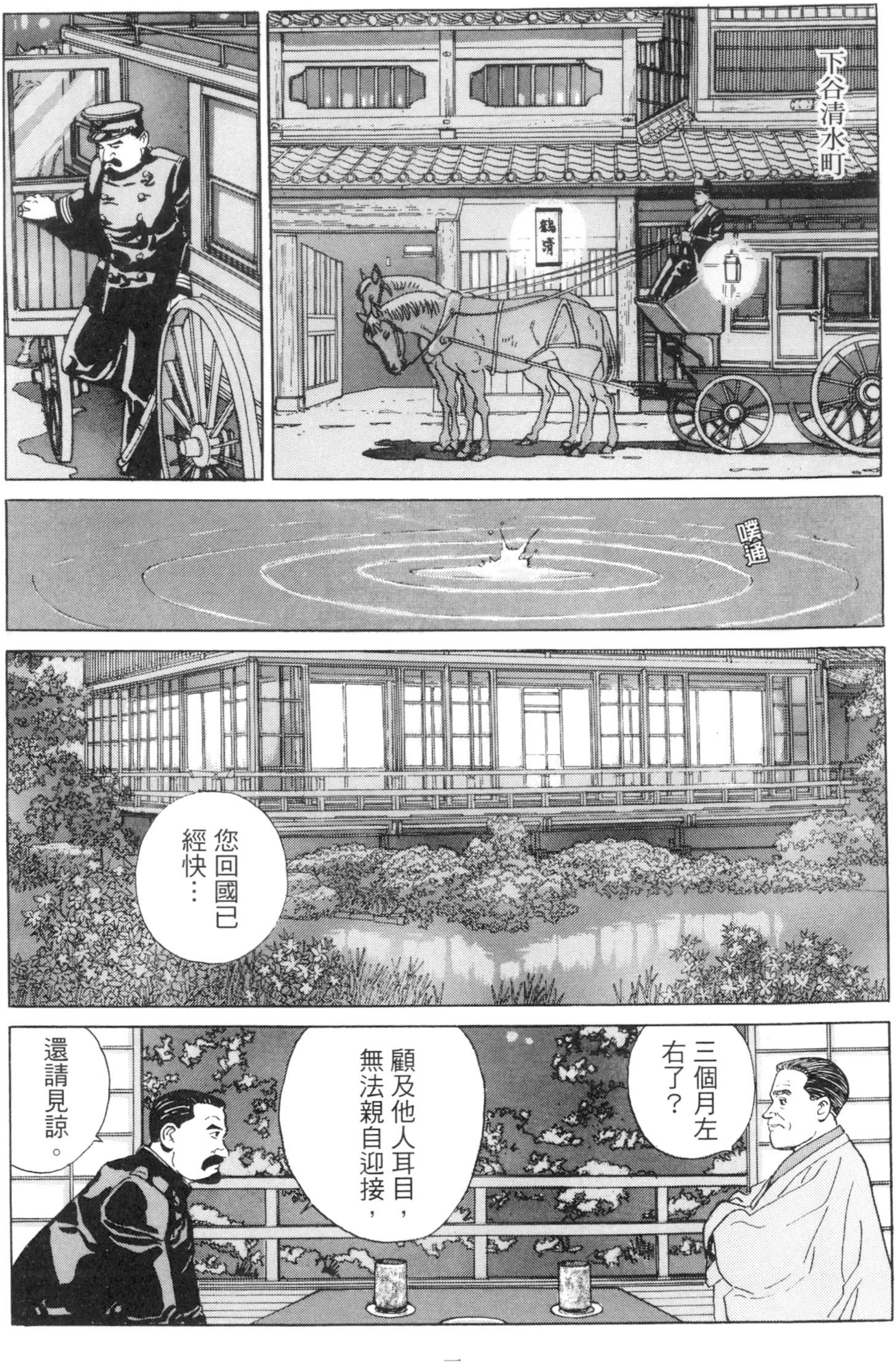
下谷清水町
鶴清
噗通
您回國已經快…
三個月左右了？
顧及他人耳目，無法親自迎接，
還請見諒。

此人就是原敬，
明治四十一年七月，西園寺公望內閣因「赤旗事件」引咎總辭，當時擔任內務大臣的他一同辭職，隔月偕同妻子到北美及歐洲旅行。
旅費合計兩萬一千圓，相當於今天的一億日圓。
原敬本來打算購置新屋，由於價格太高而作罷，妻子提議乾脆出國旅遊，直到明治四十二年二月二十日才返國。
將來最可怕的對手是美國吧？
歐洲的情勢如何？
各國的民眾勢力發展令人驚訝，
看來官僚政治就要走到盡頭了。
竟然連俄羅斯也屏息聆聽民意，
就連德國，帝國議會也快奪走大權。
將來日本也會自然而然地走上這條路嗎？
唔…
正是如此。

社會黨情況如何？
被我們的窮追猛打給逼上了絕境。
可不能逼得太緊……他們會爆發的。
山縣侯爵痛恨社會主義，
就像看到毒蛇猛獸一樣。
推廣教育、改善社會狀況、還有取締，
三者齊頭並進才能奏效，這才是正道。
您說的是。
山縣一副忠義的嘴臉，動不動就大肆取締，
我們過去並沒有對社會黨網開一面，
啜飲
只是手段沒有山縣那樣陰險粗暴而已……
對了，聽說你用扒手集團來當眼線？
我看上他們收集情報的能力，對犯罪就睜一隻眼，閉一隻眼……
所謂「以小毒，攻大毒」，
讓他們監視危險分子，再合適不過了。

任務結束後，
還是會檢舉他們吧？
……
很美吧？
伊集院，
沒有比初夏的日本更美麗的景致了，
綠意盎然，花朵紛紛盛開，
然而……回國後我卻感受到國內氣氛沉滯，年輕人失去往日的霸氣，在日俄戰後，人心就不再團結了，
總覺得日本要踏進另一個時代了。
道路的盡頭又會是什麼呢……
對了，
你讀過東京朝日的小說《煤煙》了？
……讀了。

你應該認識故事的女主角吧？
那個「新女性」，跟小說裡寫的一樣嗎？
算是「新」女性嗎……
我認為那是年輕氣盛又獨善其身，
她們的「自我覺醒」，不過是任性罷了，
把放蕩和自由混為一談，就會走錯路，
什麼時候才會意識到，就是因為有規範，才會有自由，就像獎牌的一體兩面啊。
是啊……

第十章 無病呻吟的年代

我的情況很糟，
真的很嚴重。
一切都事態嚴重，
我得了貧窮這個病，這個國家也是。
可是，我不再像以前那麼趾高氣昂，還以天才自居，
我不見得是懷才不遇，所以沒什麼好怨恨的。

多少還是有點不滿啦，
我再怎麼辛勤工作，依舊沒有財力把家人從函館接來團聚，
這不是很沒道理嗎？
你問我現在腦海中最清晰的是什麼？
刻劃在眼底，難以抹滅的情景又是什麼……
你猜得到嗎？
這個嘛，
是什麼呢……
是你前陣子，
在淺草看的黑白電影嗎？
有飛機盤旋飛舞那個。
金田一兄，
難道是…
釧路那個藝妓寂寞的神情？

你別取笑我了。
我沒有嘲笑你的意思。
飛機嗎……
飛機……
又怎麼了？
飛機可真不錯！
青草……躺在長滿青草的河堤邊……
太好了，
借過一下。
嗯。

仰躺在……
青草的河堤邊，飛機……
仰躺在青草的河堤邊，傳來飛機劃破天空的聲響。
對了，
剛才聊到哪裡？
啜飲
腦海中最清晰的念頭是什麼……
啊，對……
家母又寫信來了。
為什麼不寄錢，
何時要接我們到東京……從頭到尾都是這些。
是。

就算只有一圓，
你快寄些錢回家……
我記得整封信，
不，是母親和家人無言的壓力讓我背下來的。
……
要到哪一天才能把我們接過去？
你不在函館，我只問這件事就好。
唉唉，
啊……
石川，
家母的文筆，
可是盛岡私塾裡排第一的秀才。
她出嫁四十年，這是第一次提筆寫信。

現在寫了這樣的信給我，
內容多少能傳達出沉痛的心情，
她的信愈寫愈好了……真是悲哀。
……
身為家長，又是丈夫，也是長男，
卻無法善盡責任，真是悲哀。
我好氣憤啊。
滾落
雖然幫不上什麼忙，
這裡有四圓……
一、
二、三、
四圓三十五錢，
我們一人一半吧。
老是承蒙你照顧，真不好意思……

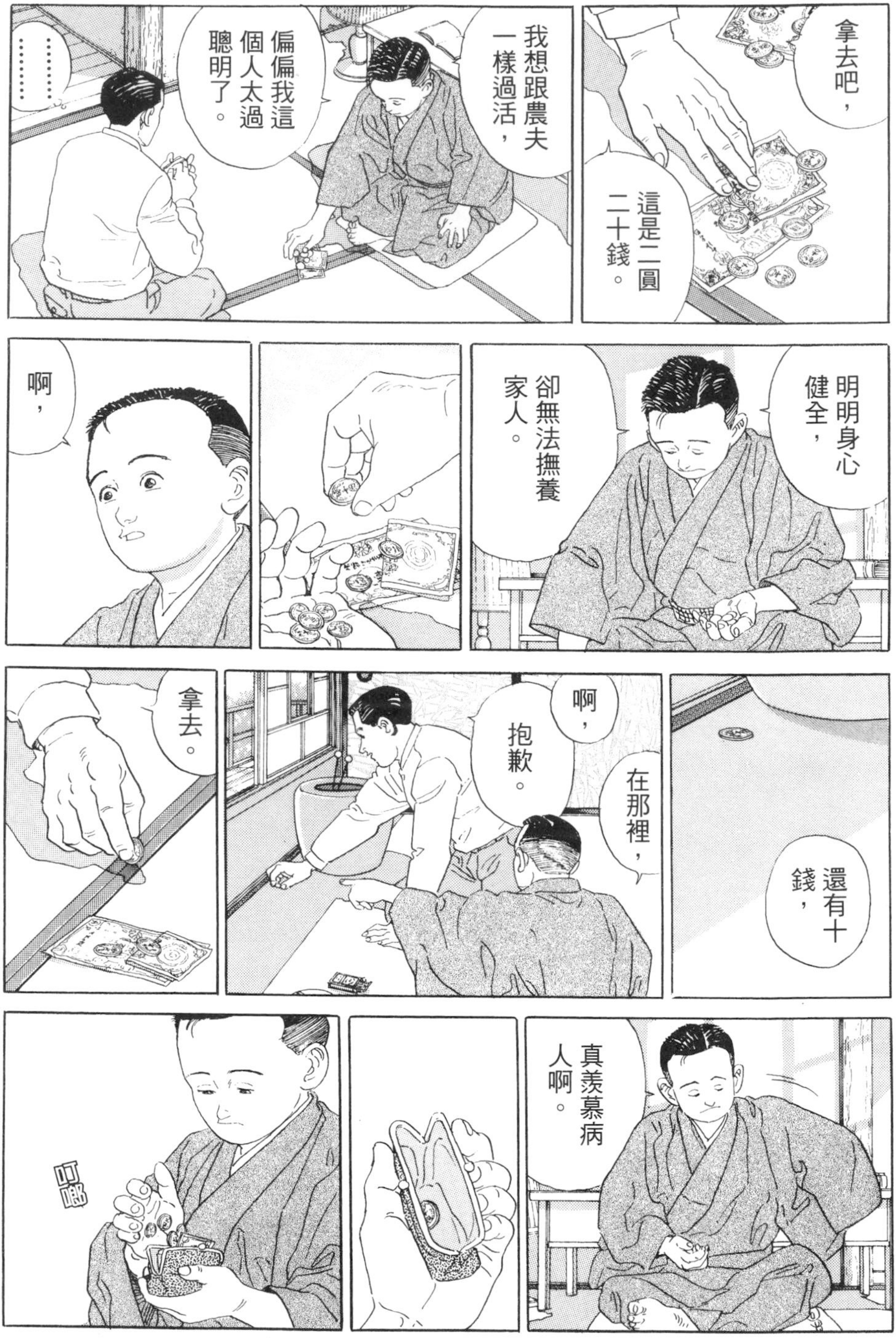
拿去吧，
這是二圓二十錢。
我想跟農夫一樣過活，
偏偏我這個人太過聰明了。
……
明明身心健全，
卻無法撫養家人。
啊，
還有十錢，
在那裡，
啊，
抱歉。
拿去。
真羨慕病人啊。
叮鈴

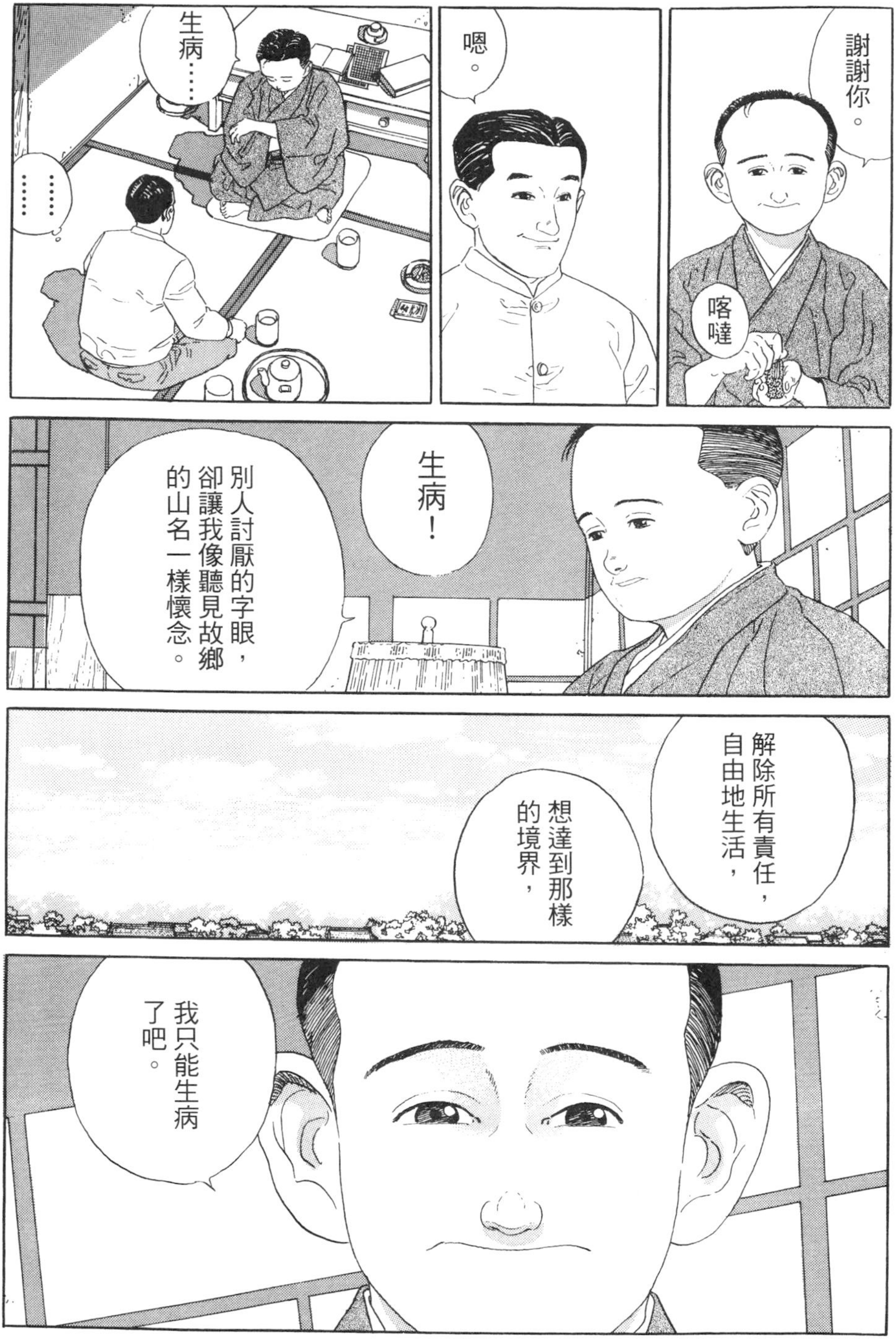
謝謝你。
喀噠
嗯。
生病……
……
生病！
別人討厭的字眼，
卻讓我像聽見故鄉
的山名一樣懷念。
解除所有責任，
自由地生活，
想達到那樣
的境界，
我只能生病
了吧。

兩年後，啄木如願以償地病了，患病之後他發現那根本不是什麼「獲得自由之道」，
唯一的結果，就是讓包含他在內的全家四個病人，一起陷入貧困的痛苦深淵而已。

……真討厭哪，看到昨晚那女人的所作所為，
想來想去，無非是偏執狂一般的心態在作祟，
閉上眼睛，就能看見朋子的身影，彷彿置身在無盡的北極冰原之中，
一個人佇立著，有如熊熊燃燒的一道火炬，把冰天雪地都給燒焦了。
我自己或許是在玩火吧？
除了陪她烈火焚身，恐怕別無他法了。
還能如何是好……

喀噠
森田先生！
站起
喔？
上次碰面是在澡堂吧？
是啊。
晚上要不要喝一杯？我請客。
這個嘛……我其實疲累不堪，
又在印刷廠趕稿嗎？
……累死我了，
寫什麼連載小說。

其實我陷入絕境了，
請你明白這點……
我深愛著妻子，
也想早點把她接過來。
可是，坦白說，
我想念的其實是她的肉體。
我懂的，
石川，我明白的。
就算思念著妻子的肉體，
腦海中還是會浮現出其他女人的身影。
那又是誰？
悄然佇立，有如鹿子百合……
鹿子百合…

是我在函館時認識的女人。
喂，老闆，
還要一瓶啤酒。
啊，函館……
我要點……
有鰹魚嗎？
喂，喂！
第一批鰹魚很貴啊。
有什麼關係呢？
啄木在明治四十年六月到八月，在函館的彌生尋常小學校教了兩個月的書，結識同事橘智惠子。

她的眼睛又黑又大。
嗯，嗯。
彷彿只映出世界的光亮，
美得令人眩目。
事實上，啄木和橘智惠子只有一起站著閒談過兩次而已。
啄木常會對特定的人產生憧憬和懷念，藉由不斷回想來忘卻生活上的苦悶。
是一種自我防衛的手段，
這時，他拿手的短歌就像杯裡滿滿的水那樣不斷湧出。
好像只吸取世上的光明……漆黑的眼眸，此刻依然在我眼前。

漆黑的眼眸，此刻依然在我眼前。
就是這樣，
咕嘟
唉，真懷念往事。
真好……
太純粹了。
我想像著這種純淨而哀傷的境界，但下一刻又……
啪啪
還是會去尋歡作樂，
我就是忍不住。
瞧不起去淺草紅燈區找女人的自己，
依舊無法克制。
我懂！
我到底是個什麼樣的人？
連自己也受不了！
我懂，石川，我明白的！
明知會落得一場空，還是玩火自焚。
……

男人都是一樣的。
咕嘟
你說對了，
不瞭解男人，更不懂女人心，
唉，女人太難懂了。
……
不懂男人，更不懂女人心。
深不見底的黑眼睛，
她想要的到底是什麼？
兩個青年乘著酒意，沉浸在各自的思緒中。

風起雲湧的維新時代早已遠去，國民和國家都喪失了一體
感，近代的青年只能背負名為「自我」的沉重負荷，憧憬
著女性的聖潔，卻又不知該拿性慾如何是好——徒勞陷入
沒有解答的謎題中而苦惱不已。

第十一章

女人堅強，男人卻靠不住

1. 大塚楠緒子（おおつか くすおこ）：活躍於明治末年的女性歌人、作家，東京控訴院長大塚正男的長女，招贅的丈夫大塚保治是美學家，也是夏目漱石的友人，曾在朝日新聞上連載小說《空薰》。

《煤煙》寫完就沒了，
前途茫茫。
是嗎？
連帝大畢業的學士也前途茫茫？
真讓人遺憾。
怎麼樣？夜色也深了，
再喝一攤，
既然我們都前途無光，不如一起喝酒打氣吧！
可是，
我還有明天的小說要寫……
你瞧瞧，
那是京橋瀧山町的朝日新聞社。

忙碌得燈火通明。
……
這算是和歌？
是啊。
你吟詩還真是輕而易舉，
要多少有多少，
吟詩作對和耕田沒兩樣，農夫會生氣，歌人也會。
這也是詩歌？
當然！
繼續喝吧……這次換我付帳，
這……
大家還在努力工作。
別人都在工作，才要斟滿酒，
這才是有志青年的氣魄。
不行，
我還是回家寫小說吧。

咕嘟
咕嘟
咕嘟
呼啊！
森田，
《煤煙》裡的朋子……
那個平塚明子，你還愛著她嗎？
啊？
我倆都為女人而煩惱，
有難以忘懷的女人，
弄得心亂如麻……總是坐立難安。
嗯。

忽然望見擦身而過的女人，對方的面容……
在街上看到像她的女子便心頭雀躍，真是悲哀。
……
啊，
趁還記得，趕緊先記下來。
……
心裡思念著戀人，
卻又跑到淺草嫖妓，
我真是悲哀啊。
這份無緣的戀慕太過強烈，卻又拿性慾無能為力，
無法好好整理思緒……
請問……
嗯？

您跟明子小姐有肉體關係嗎？
什麼……
胡說什麼？
你這傢伙！
好，好，
別生氣。
其實，我偶遇明子小姐，
她當然沒理會我，
……
不但美貌，也有智慧和膽識，
果真是女中豪傑。
和這樣的女人度過生死一瞬間，森田，
在愛情的極北之地，你到底見識到了什麼？
……
這個青年到底是輕浮，還是坦率？
是個渾小子，還是藝術家？
拜託了！

聽說明年初夏，
哈雷彗星會從永劫的黑暗中回歸地球，
世界再次混亂，
我也茫然不知所措了，為了日後的生存，請你務必指點迷津。
好吧……
這是新時代孕育出新人格的先驅了嗎——
森田草平莫名被啄木的說詞打動，沉醉在春風綠意中的腦袋，漸漸回想起一年前寒風吹拂的情景。
在明治四十年的年末——
咕嘟
草平在九段中坂的「閨秀大學講座」，也就是類似文化教室的課堂上，和平塚明子再次相遇，被她的眼神吸引而難以自拔。

彷彿吸取世間所有光亮的眼眸？
她的眼睛不是。
草平在明治四十一年一月寫信給明子，約定在甲武線的水道橋車站相會，
しばうどいす
他們在中野下了火車，踏進森林中。

兩人進了新井藥師的小餐館
吉田屋。
屋田吉

那女人挺漂亮的，可惜個性應該很差。
很傲慢呢。
少爺看得出來嗎？
我看出來了。
女人的事，我一看就懂了。
「女人的事，我一看就懂了」，吉田屋的少爺石田吉藏在二十七年後，死在阿部定這個女人手上。

咻—
咻—
咻—
咻—
想想辦法，
你想想辦法呀！

啊……
捏緊！
不可以？
不能亂來。
我們追求的是更高的境界啊。
更高的境界……
像是寂滅。
寂滅……？
完美地壓抑自我，壓抑最卑劣的性衝動，
壓抑自我和衝動嗎……
再一起結束生命。
一起結束生命……
咻—
咻—
兩人之後互通書信，信中文辭曖昧，死意卻相當堅決。

明治四十一年三月二十一日晚上，兩人在上野車站會合。
草平像高達電影《斷了氣》的尚保羅那樣，問她要去山上或海邊。
咚
噹
明子選擇山上，兩人便買了到西那須野的車票，在鹽原溫泉下車。

捏緊
不行！
反正都要尋死了。
人才不需要那種東西。
我覺得是必要的。
不需要。
比起情愛……
……
短刀……
妳、妳是認真的？

那不是吸取世上光亮的眼睛，
不如說，她為了保護自我，犧牲別人也在所不惜……
不，為了完成自我，若無其事地以別人做為犧牲，眼神是她獨善己志的結晶。
啊，
再來份煎蛋捲。
喂，
你到底有沒有在聽？
你講得那麼入迷，我當然有在聽，
平塚小姐那時支配了你，想把你一起拉上絕路吧？
胡說什麼？
「我絕不是為了愛情，更不是為了情人而死，」
啊……
她將生命視為作品，
平塚小姐的遺書，
「是為了貫徹此生的原則，成全自我的孤獨旅程。」
別再唸了……
對她來說，你不過是強化作品緊張感的一抹色彩罷了。

我也有同樣的感受，
曾經一時昏頭，誤以為自己是天才，
人生有如一件絕無僅有的作品，
可是，所謂作品，現在也跟十五歲的心境一起無聲無息消失了，
……
可能隨著歲月醜惡腐朽，最後不祥的預感化為堅硬的結晶，
還不如……不如趁現在，
完成作品，趕緊死了將它保存起來。
颯颯颯……
隔天的三月二十三日，平塚明子和森田草平在雪中步行，穿越通向會津的尾花山道。

這裡嗎？
對，這裡。
肉體真的不結合？
颯颯颯
來吧，先刺進我的胸口。
為什麼妳……一直都這麼冷靜？
……
太冷靜了！一點也不慌亂，
老師是怕了嗎？
讓我覺得，戀愛和殉情都像計劃好的……
至少要對我說，
妳是為了我而死，那我才能為妳殉情啊！

為了成就愛情，妳才選擇死。
快對我說吧！
平塚明子沉默許久，眼眸中依然有不可思議的熱情，她看的並不是自己——森田草平總算明白了。
颯颯颯
算了，
咻！
我不尋死了，
也不會殺妳。
……
這就是「煤煙事件」的始末，兩人在雪中挨過一夜，隔天像鬼魂般活著走下山。

森田草平回到東京，在夏目漱石家中躲了兩個星期，漱石說——
這根本不是戀愛或不戀愛，到頭來不過是場遊戲罷了。
在我看來，這女人的言行舉止都在刻意引誘你，
這就是女人，
而且是女人中最像女人的那一類。
——漱石如此結論。

嗚……
嗚嗚……
草平將這段體驗昇華，寫成小說《煤煙》，但依然無法理解明子的人格和行動的理由，
最後小說草草結束，只能滿足世人無聊的好奇心。
自我到底是什麼？
過於耽溺自我，最後還玩起死亡遊戲，以前有過這種人嗎？
維新之前絕對沒有，十年前也沒聽過，
古人會當成是生病。
嗚嗚
森田……
這是病啊！

咦？
戰後才有的毛病，
不，是現在這時代必然出現的疾病。
吸…
啊？
今後的日本和日本人都會繼續苦惱下去，弄得苦不堪言，
我不太懂殉情這玩意兒，總之，今後事態要一發不可收拾了。
喂、石川你是怎麼了……
……
咕嘟
遺憾的是，
我們此刻正是活在這樣的時代啊！

第十二章

吾乃弱者

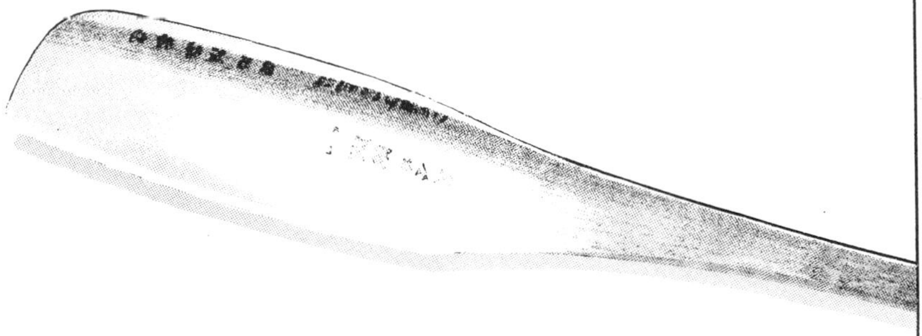

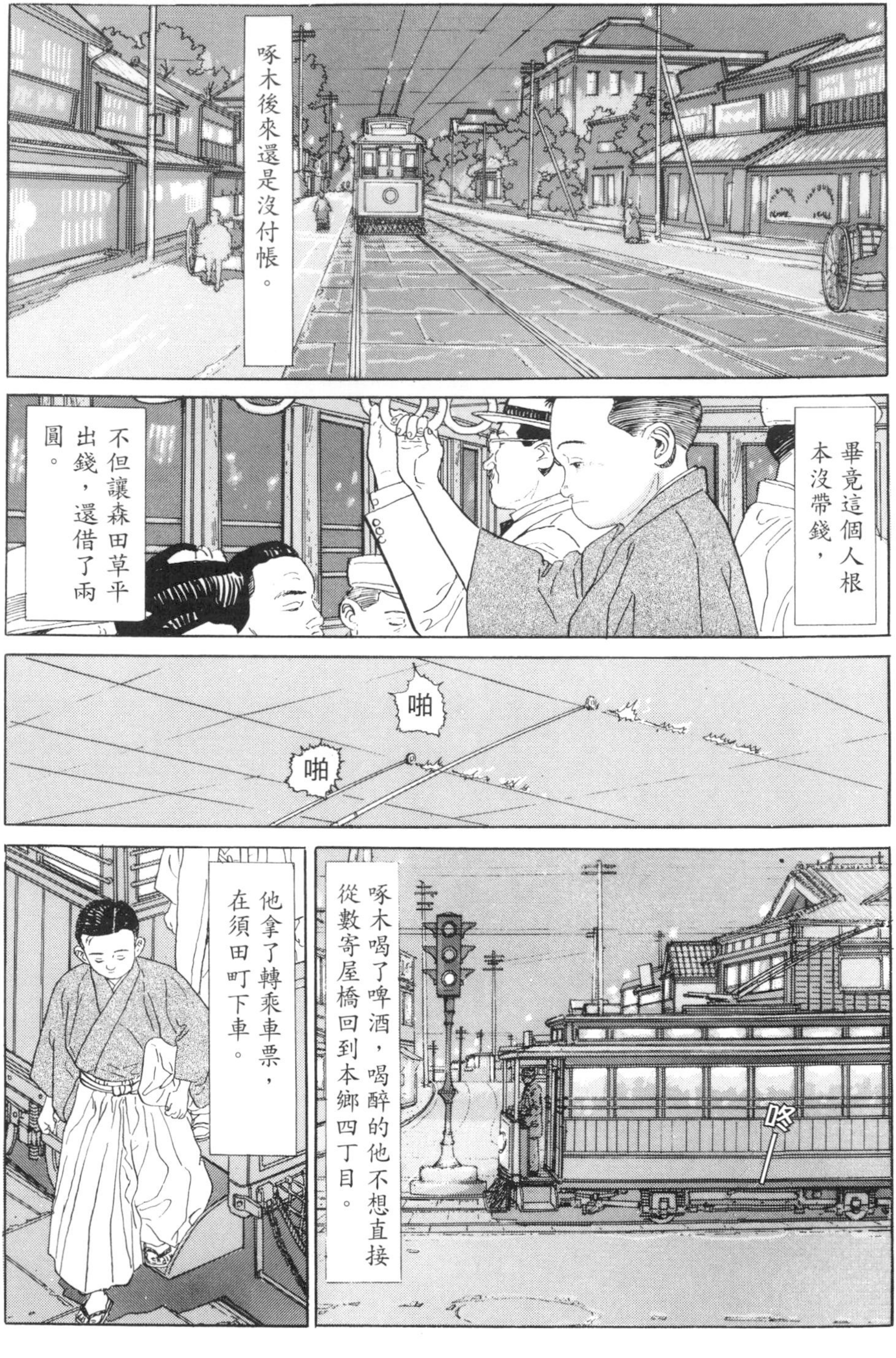
啄木後來還是沒付帳。
畢竟這個人根本沒帶錢，
不但讓森田草平出錢，還借了兩圓。
啪
啪
啄木喝了啤酒，喝醉的他不想直接從數寄屋橋回到本鄉四丁目。
咚
他拿了轉乘車票，在須田町下車。

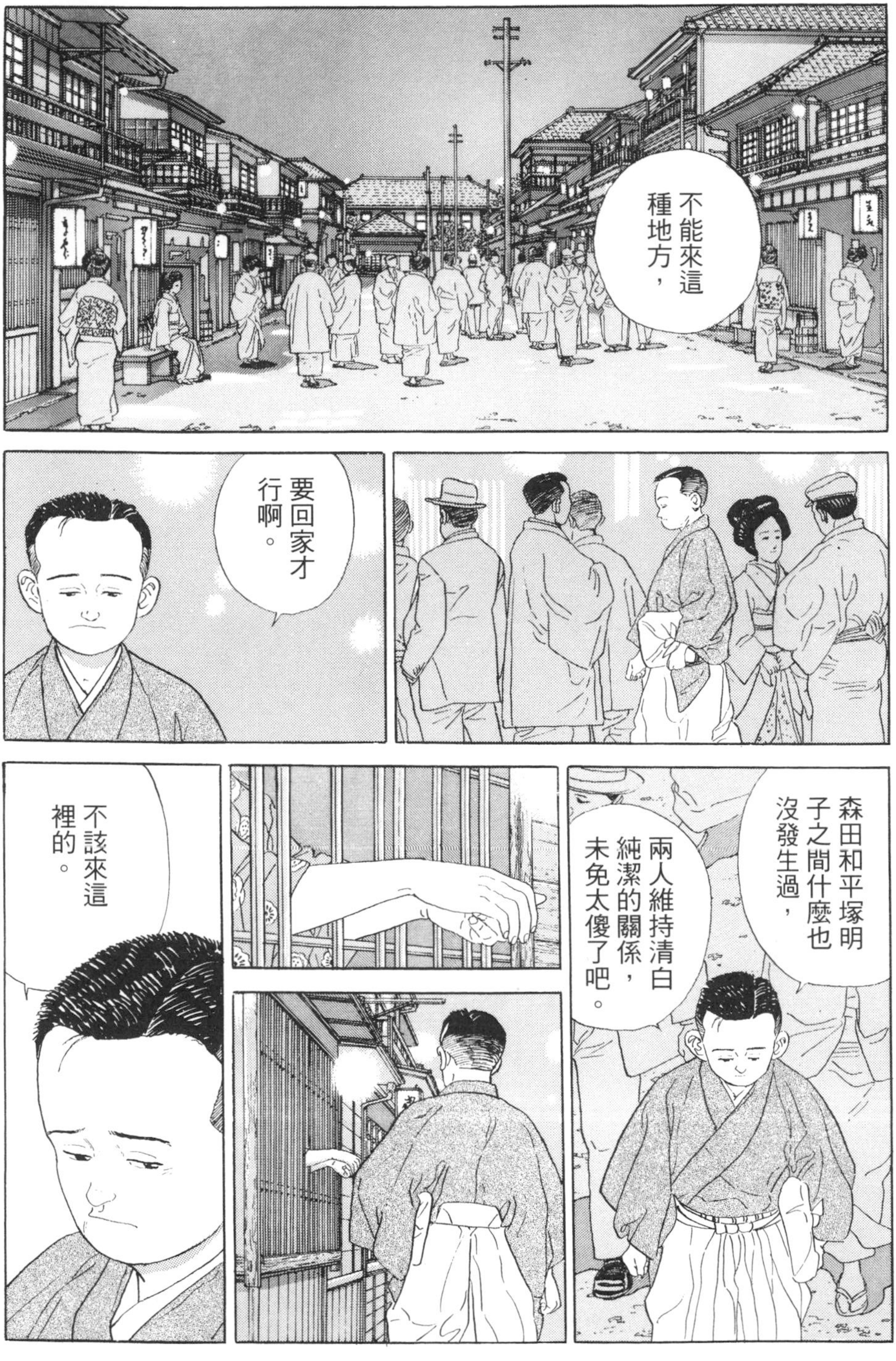
不能來這種地方，
要回家才行啊。
森田和平塚明子之間什麼也沒發生過，
兩人維持清白純潔的關係，未免太傻了吧。
不該來這裡的。

回去吧，
快點回家吧！
客人啊，
看中了就趕快進屋裡來！
不用了。
好啦，
來嘛，
警察抓得很嚴，
我馬上把姑娘帶過來。

從明治四十一年秋天到四十二年五月，啄木至少嫖妓了十六、七次。
時間有一個鐘頭，
想做幾次都可以。
自從明治四十年在北海道流浪了一年，啄木就放棄了自己是天才的想法。
他不放棄也不行。

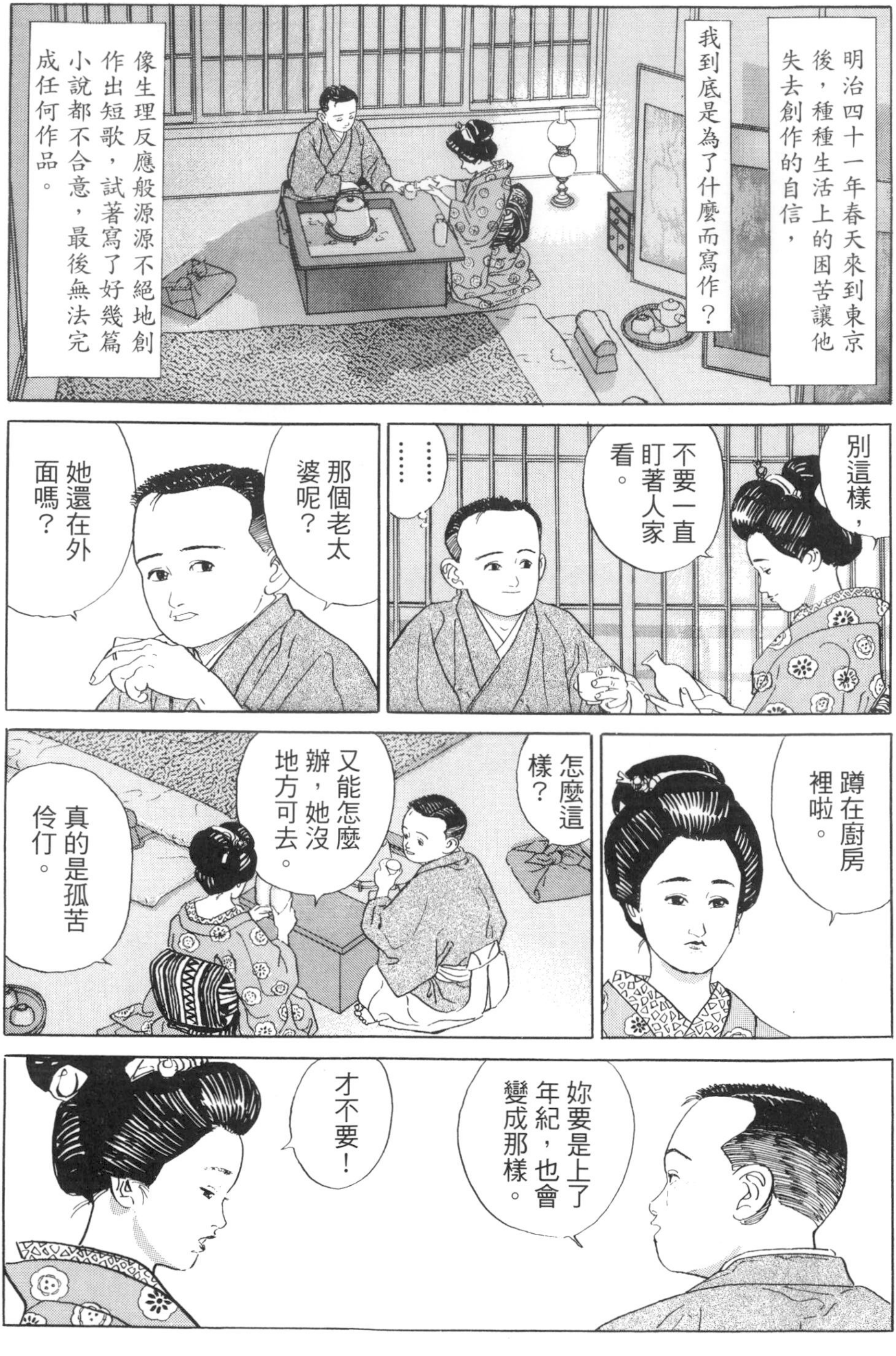
明治四十一年春天來到東京後，種種生活上的困苦讓他失去創作的自信，
我到底是為了什麼而寫作？
像生理反應般源源不絕地創作出短歌，試著寫了好幾篇小說都不合意，最後無法完成任何作品。
別這樣，
不要一直盯著人家看。
……
那個老太婆呢？
她還在外面嗎？
蹲在廚房裡啦。
怎麼這樣？
又能怎麼辦，她沒地方可去。
真的是孤苦伶仃。
妳要是上了年紀，也會變成那樣。
才不要！

啄木失去了目標，
強烈地懷疑自己的才能，如果不做些什麼就無法從壓抑的情緒中解放，讓他無法獲得自由。
可是，他能做些什麼？
平塚明子貫徹自己確信的方法，為了完成自我，就算拉上森田草平陪葬也在所不惜，
對平塚明子而言，自己就是一部作品。

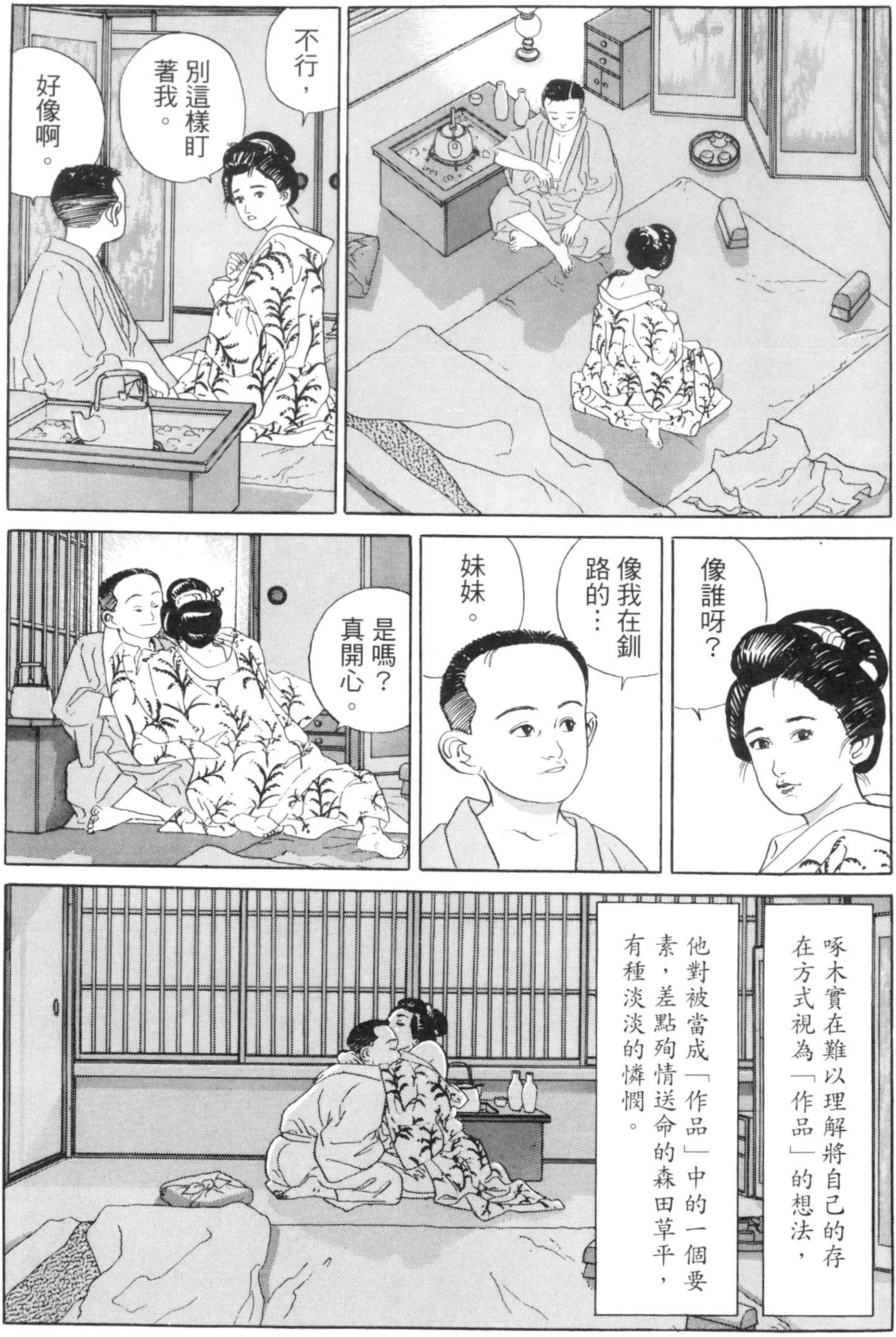
不行，別這樣盯著我。
好像啊。
像誰呀？
像我在釧路的…
妹妹。
是嗎？真開心。
啄木實在難以理解將自己的存在方式視為「作品」的想法，
他對被當成「作品」中的一個要素，差點殉情送命的森田草平，有種淡淡的憐憫。

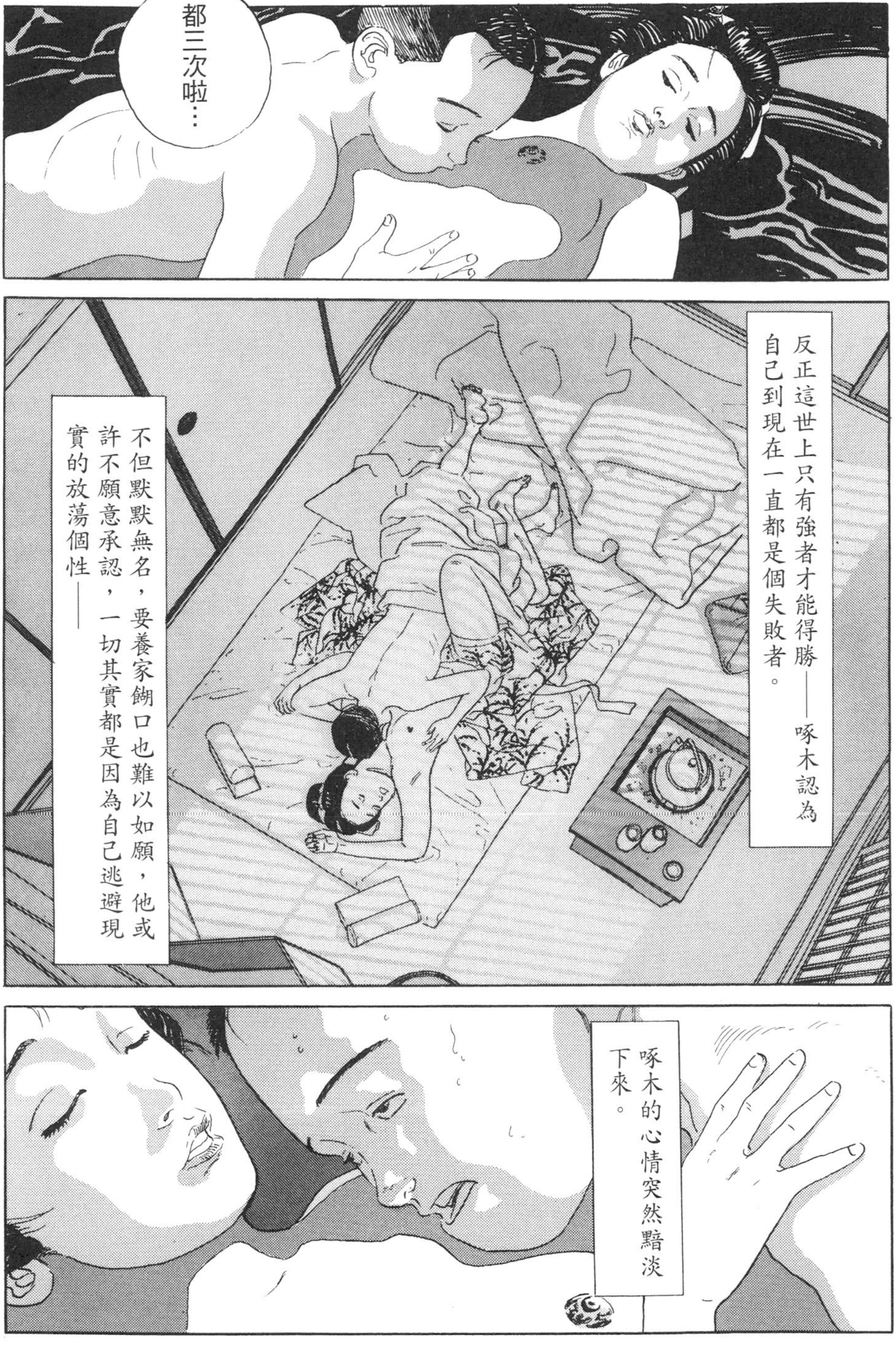
都三次啦…
反正這世上只有強者才能得勝——
自己到現在一直都是個失敗者。
啄木認為
不但默默無名，要養家餬口也難以如願，他或
許不願意承認，一切其實都是因為自己逃避現
實的放蕩個性——
啄木的心情突然黯淡
下來。

流浪和生病，終究是無法實現的願望。
喀噠
啄木也明白，即使實現了，也只會讓日常生活變得更悲慘，
到頭來，為了安慰不成熟的自我，只能在人群中四處漫步，
除了偶爾看看電影和嫖娼，時不時寫些發洩情緒的短歌，沒有別的辦法排遣。
喀噠

吱嘎
吱嘎
喀啪
咚！
靈肉合一是辦不到的。
啄木在他的羅馬字日記裡寫著。

我握住她溫暖的手，用力嗅聞她的髮香，不只這樣，
也想抱緊她溫暖的雪白身體，
心裡卻一邊在盤算還剩多少錢，
這時在思考著該跟誰借，要怎麼借到？
想要身心一起銷魂的快感。
那女孩雖然有點年紀，也不過才十六歲，很難想像她已經跟幾百、幾千個人睡過了，
早就習慣了男人的她，感受不到半點刺激，
為了一點錢將自己的陰部租給男人使用，除此就沒有任何意義。

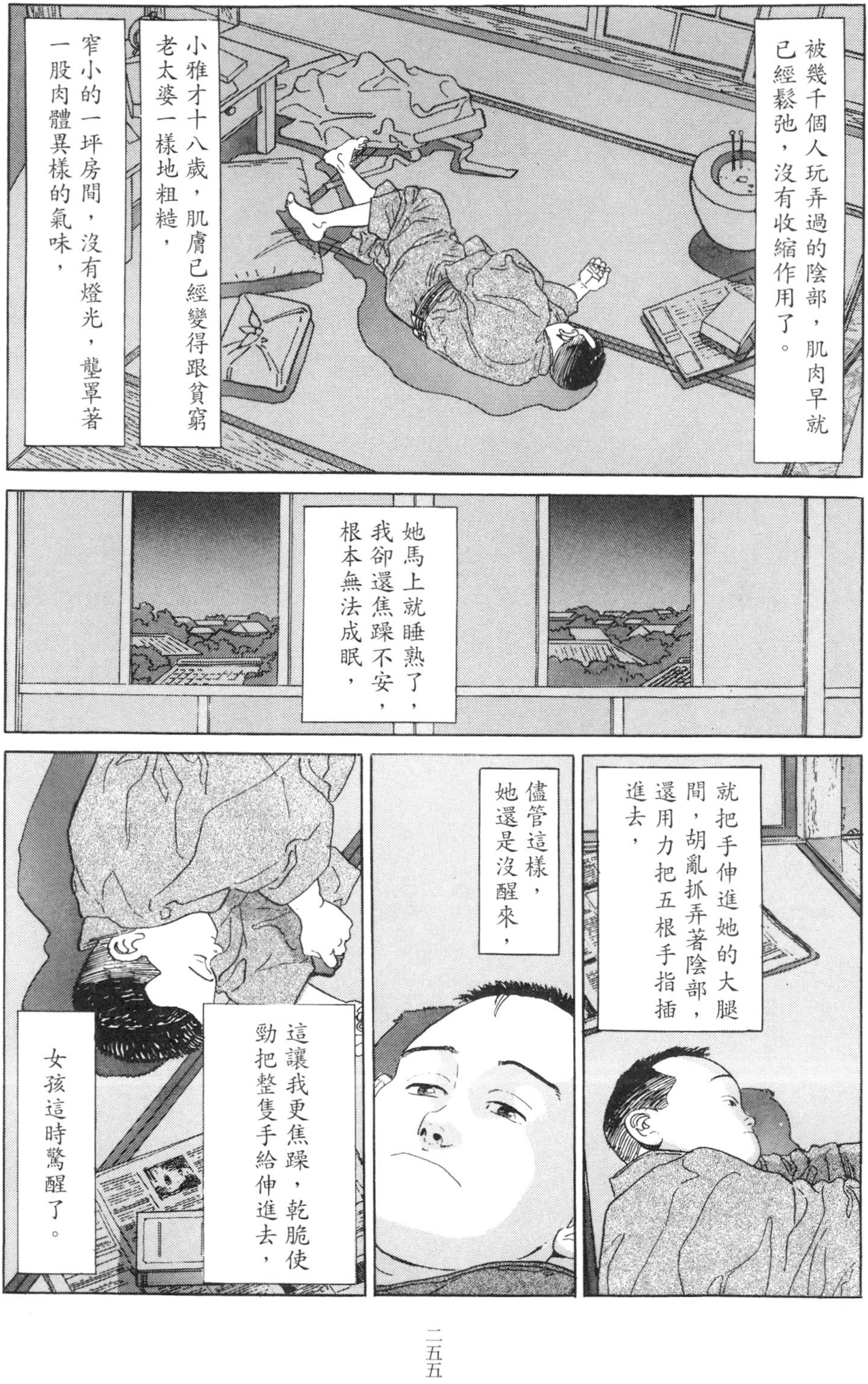
被幾千個人玩弄過的陰部，肌肉早就已經鬆弛，沒有收縮作用了。
小雅才十八歲，肌膚已經變得跟貧窮老太婆一樣地粗糙，
窄小的一坪房間，沒有燈光，籠罩著一股肉體異樣的氣味，
她馬上就睡熟了，我卻還焦躁不安，根本無法成眠，
就把手伸進她的大腿間，胡亂抓弄著陰部，還用力把五根手指插進去，
儘管這樣，她還是沒醒來，
這讓我更焦躁，乾脆使勁把整隻手給伸進去，
女孩這時驚醒了。

她突然抱緊我說：「啊啊啊，好開心，還要！我還要！啊……」
這女人才十八歲，對普通的刺激已經沒有任何感覺了。
我抽出手，抹在那女人臉上。
想將雙手雙腳都插進去，撕裂她的陰部，
我在黑暗中看到幻影，她鮮血四濺，四分五裂的屍體橫躺在眼前，
啾
啾
啊……男人竟然有權利以殘酷手段來殺害女人，真是太可怕、太卑劣了！
啾
啾
啾
啾

啾
啾
吱
吱
吱
沙沙
沙沙
滴答
滴答
ンオ 磨齒
滴答
啊，石川，早安！
……

吱嘎
吱嘎
滴答
石川，
又沒幫你送早飯嗎？
我叫了外賣，咱們一起吃吧！
石川……
……
……
喀啦啦

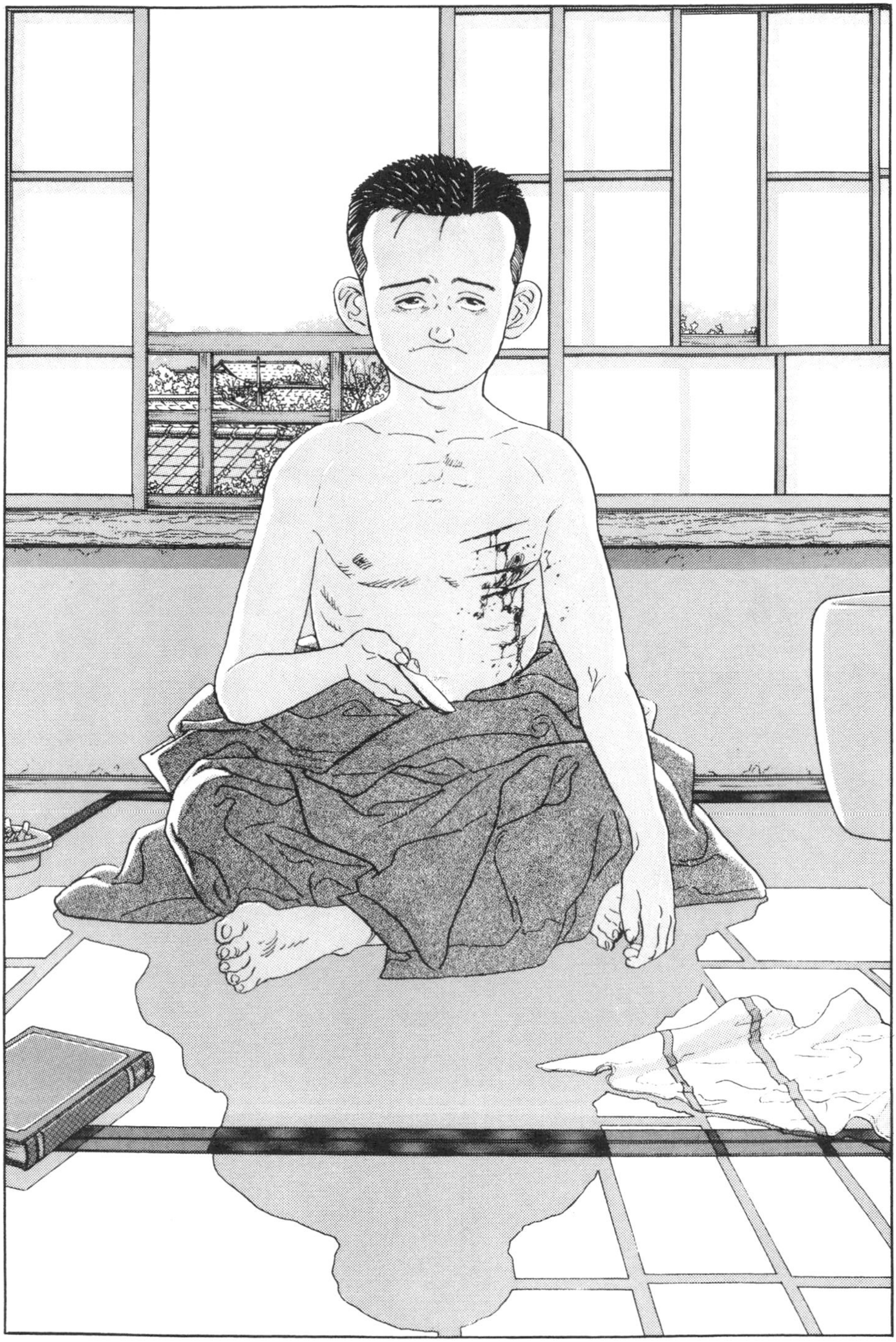

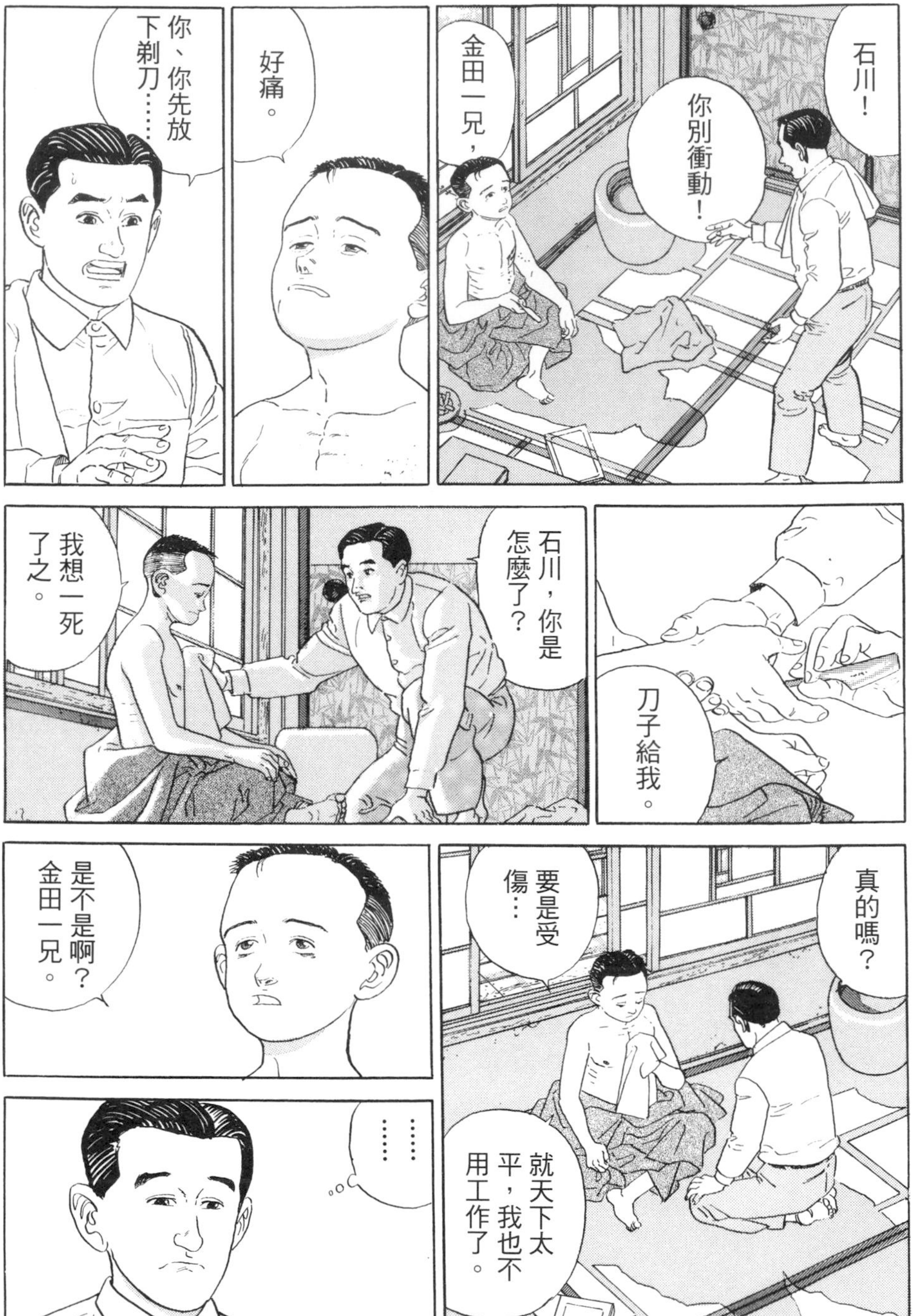
石川！
你別衝動！
金田一兄，
好痛。
你、你先放下剃刀……
刀子給我。
石川，你是怎麼了？
我想一死了之。
真的嗎？
要是受傷…
就天下太平，我也不用工作了。
是不是啊？金田一兄。
……
……

你不是為了請假，才這麼做的吧？
難道又……？
嗯。
來信了？
一大早寄來了。
感謝我上個月寄了一圓，
問我何時要接大家來東京。
還有呢……
叫我繼續寄錢回家，
想給京子買夏天的帽子。
我太差勁了，真是無用的廢人，
唉，不如死掉算了。
嚼嚼
嚼嚼

消逝在青空中的煙
寂寞地消逝的煙霧
就像我一樣吧
啄木整個星期沒去上班——明治四十二年五月十五日，總編輯佐藤北江來探望裝病的他，告知二葉亭四迷的死訊。
五天前，二葉亭在遙遠而炎熱的印度洋上，靜靜地結束了四十四年的生命。

第十三章

連「憧憬」也賣了

明治四十二年六月一日
星期二菊坂牛奶餐廳1
啄木專心地讀著克魯泡特金的《奪取麵包》，是幸德秋水翻譯的。
石川先生，
您氣色好差，是得了肺病嗎？
別說些不吉利的話……
我吃壞了肚子……
您今天……又不去上班了？
我會去的。
唉呀，真的？

1. 明治時代為了普及飲用牛乳的習慣，設有販賣牛乳、咖啡和各式西點的「Milk Hall」（ミルクホール），類似現在的咖啡廳。

要請假嗎？
反正晚班是下午一點。
砰！
夏天到了，強烈的日光照得萬物蒼白褪色，
對日本人來說，日俄戰爭之後就是漫長而虛脫的夏天，
就算在總體戰爭中竭力打贏勝仗，卻不由得感嘆得到的回報實在太少，整個夏天都是和談造成的欲求不滿和戰後通貨膨脹的消息。

2. 東京日日新聞（とうきょうにちにちしんぶん）：創刊於明治5（1872）年的日刊報紙，是現在每日新聞的前身。

我沒辦法養你。
那傢伙還是身無分文啊……
前本報記者（現任特派員）文豪長谷川二葉亭客死他鄉，明天六月二日於染井墓園舉行葬禮。
染織品評會授與式
嗷嗚——

咦？
我以前看過這隻狗……
啊……還真像長谷川老師養的狗，
都是二十多年前的往事了……
汪！
連狗兒也會偶然地相似嗎…
這本算五錢吧。
五錢……
這本呢？
我可以用二十錢收購。

《憧憬》只能賣五錢？
客人，那是無名詩人寫的啊。
這本的裝幀倒能擺在客廳當裝飾。
……
真是欺人太甚！
哼
咕咚！
啊，
跌落
抱歉，撞到你。
……

這些書乾脆賣你五錢好了。
啊？
你有五錢嗎？
五錢……是嗎……
沒錯，買下來吧，
你應該能夠理解這些詩集，兩本就算五錢。
……
只要有電車錢就行了，
今天是一號，我得去上班才能預支薪水。
……
芥川先生真是無妄之災啊。
吱嘎
那些書，還是我來買下吧……

千駄谷九〇三番地
對幸德秋水和管野須賀子而言，明治四十二年六月等於是命運的分水嶺——
歷史就是這樣，通常要等到事情發生，才會意識到原來是這麼一回事。
幸德自宅「平民社」
喀啦
啊……
我們終於……
搧
搧

都同居了快三個月，這才發生男女關係。
都怪取締得太嚴，害我心亂如麻，
《自由思想》好不容易出版第一期，馬上就被查禁罰款……
唉，原來是心煩才這麼作？真是自暴自棄。
站在女人的立場想想吧。
罰款一百圓！
焦土政策之下，米糧也吃完了，
要我怎麼繳罰金？
不如身為編輯的我去坐牢吧，
服刑一天能抵一圓。
可是……
是因為被逼到絕路，所以才自暴自棄了？
不……
不是煩悶或是自棄。
我捨不得。

管野啊，
我愛上妳了。
……
這麼說行吧？
……
主義和男女關係要另當別論，
這跟政府打壓也無關。
……
幫我添一碗。

宮下太吉寄信來了？
宮下……？
啊，是愛知那個時髦的技工嗎？
打扮成俄國革命黨的模樣。
宮下接下來要去信州。
啜飲
是嗎？
他找到製造方法了，要去信州試做，
得要實驗一下。
……做炸彈嗎？
時機終於到了，
像俄國的沙賓可夫（Boris Savinkov）和卡列耶夫（Ivan Kalyayev）那樣，日本的你我，在墓碑刻上名字的日子不遠了。
……
啊，
要澆水。

老師……
……睦仁這人在歷代天皇中，算是相當有人望，
我個人也覺得他是好人，
……
……
所謂的天子，不就是掠奪經濟的始作俑者嗎？
政治上的罪惡之源，
就像宮下說的，在思想上天皇是迷信的象徵，無論如何都得要打倒他。
啜飲
須賀子的口中終於說出「大逆之事」來了。

前一天的五月三十一日，夏目漱石寫完《從此以後》的第一回，來到當天才落成的兩國國技館看相撲大賽。
哇～～
好哇～～
三女榮子六歲
長女筆子十歲，
次女恆子八歲，
四女愛子四歲，都是虛歲。
荒浪——
加油啊——
潮汐——
這個、這個
漱石對子女很嚴格，卻特別溺愛最小的愛子。

喂，榮子，
別亂跑走散了。
咦？
那傢伙……不是紅襯衫伊集院嗎？
來，筆子妳看好妹妹，
好——
乖，我們回家吧！

真是意外啊，
夏目先生。
啊…
你好，我們來看相撲。
抓抓、抓抓
您看來氣色不錯。
胃痛一直沒好，是老毛病了。
嗚。
好了…
抓抓
愛子，妳聽話！
神經性胃病算是現代的毛病，
我國過去沒有這種疾病。
為了取締無政府主義跟社會主義，
您還是四處奔波，沒有一刻休息嗎？
啊哈哈哈。
來！
讓我抱一下，
嘿唷，
乖孩子。

認為道德是陋習而捨棄它，卻找不到取而代之的規範，
青年醉心西歐文明而迷失自我，走上了放蕩之路。
日俄戰爭後，人心惶惶難以收拾，
簡直成了失控狀態。
乖孩子，
妳笑一個。
嘻，
嘻嘻
呵，真可愛！
跟父親好像是一個模子刻出來的。
你別胡說……
竟然想推動共和制，貽笑大方啊！
日本哪有什麼布爾喬亞階級？
先培育布爾喬亞……才是……當務之急吧？

要有穩固的核心，國家才會安定。
俄國也是，虛無主義者蠢蠢欲動，看來很難收拾了。
不管是虛無主義還是無政府主義，都是內在空虛的秕子，
不會發芽的。
嘿唷！
哇！
哇哇！
舉高高，
再高高。
在苗圃撒下不發芽的秕子也是徒勞，
嘻嘻
……
抱著空虛的期待，秋天只會等到歉收的大荒年。
嘿唷，
哈哈
哈哈
高高、舉高高—
再高點，
高點、再高點
等到國力能跟歐美列強抗衡，推動社會改革才會有意義，
嘻
嘻
這就是我的見解。
哈
哈

石川老弟，
來一下！
是。
六月分俸給前借分
石川一殿
拿去。
會計老伯把我訓了一頓，
真沒面子啊。
他說到七月都不能讓你預支薪水了。
沙沙
這是之前借的。
明天是長谷川二葉亭的葬禮，
你來幫忙接待！
好的。
臉上的鬍渣⋯
都給我剃掉。
是。

啄木還完錢，預借的薪水還有二十圓。
那晚，他去淺草和年輕的朋友看了場電影，請對方吃西餐。
道別後，他還去花街玩女人，
而且找了兩個……回家路上又買了五、六本雜誌，身上只剩四十錢了。

最終章 搬到弓町

明治四十二年六月二日，澄澈的微風吹過時間的河流，
長谷川辰之助（二葉亭四迷）的葬禮在府下染井墓園舉行。
太令人心痛了。

內田魯庵1
簡直是一封解散全家人的宣言。
長谷川二葉亭氏　遺言
朝日新聞會出點慰問金吧？
會是會，但……
這筆錢無法養活他的六名家人。
就算賣掉藏書也沒有多少錢。
還是得要編纂全集吧？
版稅多少能夠補貼一下……
長谷川這個人，很討厭自己被稱為文士……
坪內逍遙2
讓他的作品流傳後世，更是我們的職責。
池邊三山3
佐藤，那還是要由朝日來出版嘍？
我也是這麼認為。
長谷川博學多聞，校對會相當繁重，
得找個像樣的人來做，
就交給石川吧！

1. 內田魯庵（うちだ ろあん）：本名內田貢，明治時代的翻譯家、小說家，與坪內逍遙、二葉亭四迷等文人交好。
2. 坪內逍遙（つぼうち しょうよう）：活躍於明治時代的劇作家、小說家、評論家、翻譯家，曾任東京專門學校（早稻田大學的前身）講師，傾心於英國文學並曾翻譯莎士比亞全集。

石川？
他有點反覆無常啊。
一旦投入工作，就熱心地完成。
嬌生慣養長大，養成任性的毛病，
不過，我發現他這陣子開始振作了。
石川，
你來一下！
好的
閣下於文壇奮鬥二十餘年，
雖然稱不上平坦順遂，

3. 池邊三山（いけべ さんざん）：明治時代的知名報人，歷任大阪朝日新聞及東京朝日新聞的主筆，延攬二葉亭四迷及夏目漱石等文豪在報紙上撰寫長篇連載小說。

文筆事業可說是您個人痛切萬分的精神史，
二葉亭四迷長谷川
奠儀
遞
真是太好了，
長谷川一生勞碌困苦，
全集的刊行，
對他和你來說都是好事……
是！我會全力以赴的，
校對工作就交給我吧。
有您這樣的文士，乃是明治文壇的無上光榮，
活在同一時代的我們更是深感榮耀。
沙沙
沙沙
是森鷗外老師……

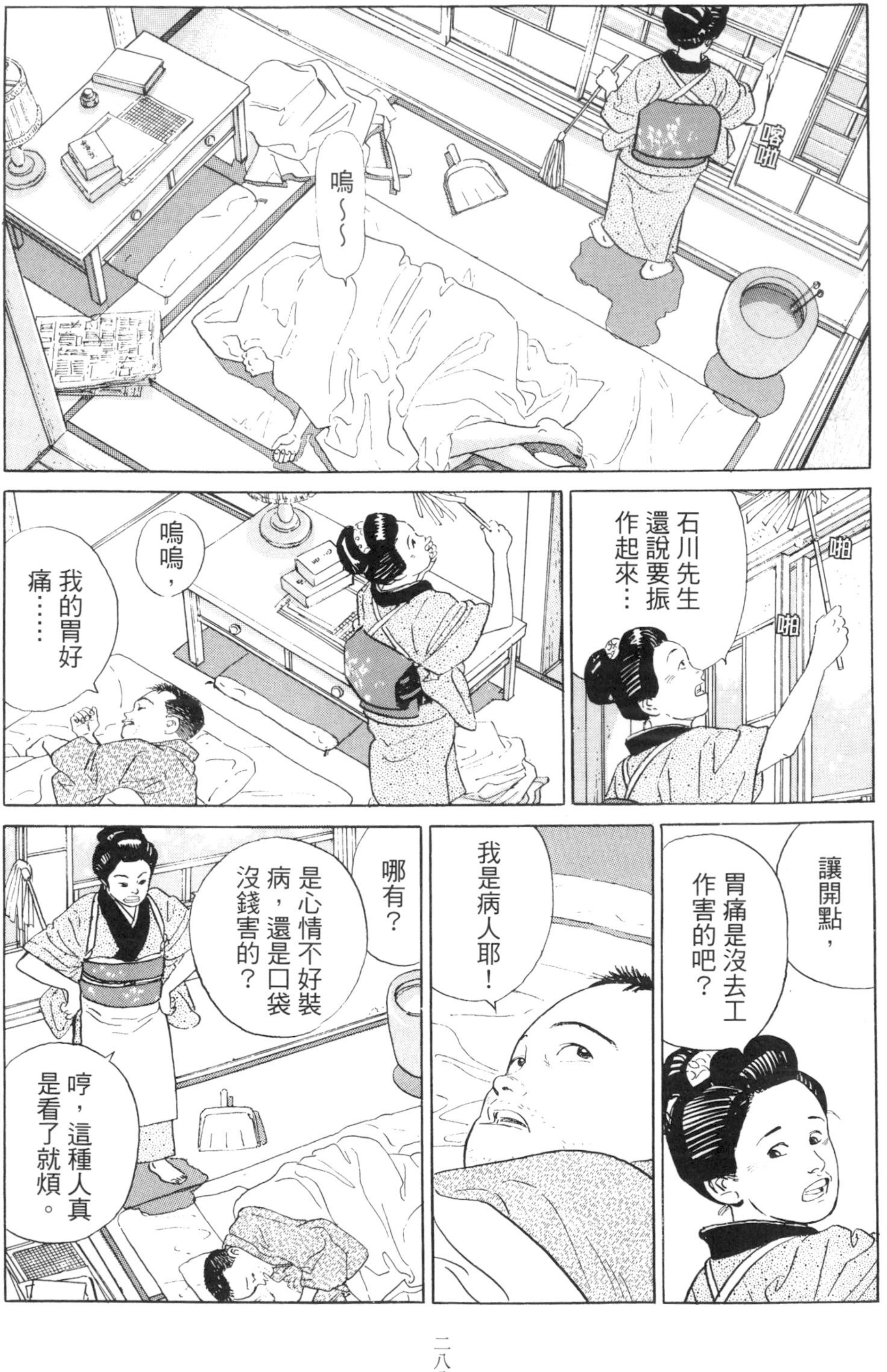
喀啪
嗚～～～
石川先生還說要振作起來…
啪
啪
嗚嗚，我的胃好痛……
讓開點，胃痛是沒去工作害的吧？
我是病人耶！
哪有？
是心情不好裝病，還是口袋沒錢害的？
哼，這種人真是看了就煩。

我吐血了耶。
咦？
胃病嗎？
覺得喉嚨痛。
石川先生是奢侈病啦！
血太多了。
快、快點起床！
滾動
啊，
你啊，
去上班吧！
妳還真無情。
啊，
差點忘了，
有你的信。
盛岡
石川節子
咦？
盛岡？

金田一兄，怎麼辦？
你問我，我也不曉得啊。
怎麼辦才好？
他們七號到了盛岡，
宮崎大四郎現在陪著我們家四個人。
今天是幾號？
我想想……
十二號啦！
六月十二號。
天啊，十二號了？十二號！
竟然給我從函館搬走了……真沒耐心，
宮崎也不對。
因為你一直沒把家人接來東京吧？
而且也沒寄錢回家。
一直都沒接來住……也沒寄錢……

是沒錯……可是，我沒辦法……
節子也太亂來了吧？
我要怎麼養活她們啊？
石川，你冷靜點！
節子太好強了，
比我媽還難應付。
少女時……嫁到我家，我還不知道她的個性那麼硬，
人生的最大失策，
就是娶了比我強悍的女人。
可惡，
又吟出了一首短歌，
先跟我去吃點天婦羅，一邊考慮對策。
今天我晚點去學校也無所謂。
天婦羅？
到了這個節骨眼，我還在吟詩作對……
石川，你鎮定點。

嚼嚼
嚼嚼
信上說就快到了。
她們哪一天會到東京？
老天，胃好痛，
問題是沒地方住，
就是說啊，
啜飲
現在的房間只有三張半榻榻米大，不可能擠進一家四口。
一想到就怕，不曉得欠房東多少錢了……
住處的話……
呃，
我可以插個嘴嗎？
你是……
租書店老闆，
你怎麼在這裡？

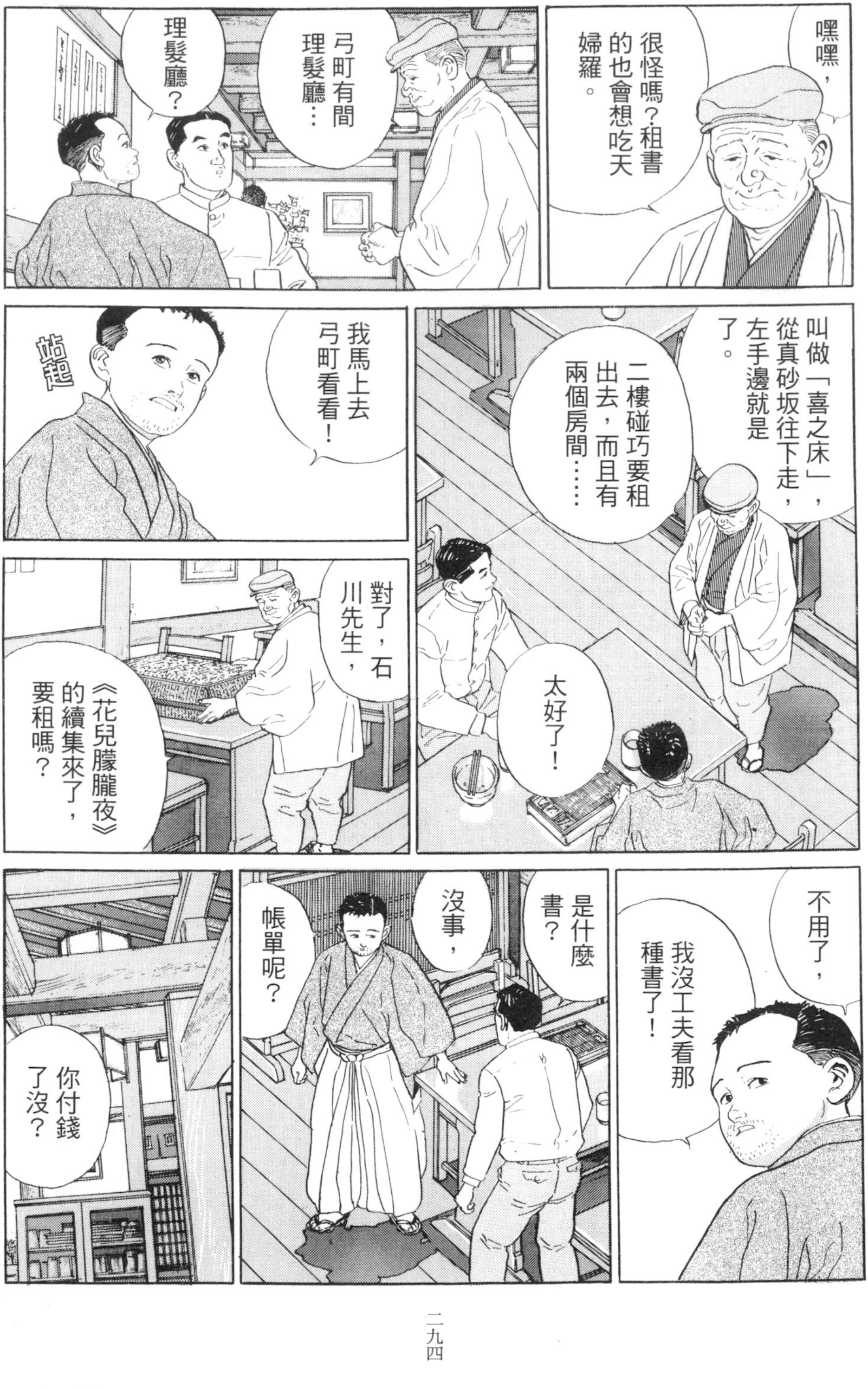
嘿嘿，
很怪嗎？租書的也會想吃天婦羅。
弓町有間理髮廳……
理髮廳？
叫做「喜之床」，從真砂坂往下走，左手邊就是了。
二樓碰巧要租出去，而且有兩個房間……
太好了！
我馬上去弓町看看！
站起
對了，石川先生，
《花兒朦朧夜》的續集來了，要租嗎？
不用了，
我沒工夫看那種書了！
是什麼書？
沒事，
帳單呢？
你付錢了沒？

嗯，
感覺還過得去。
大嬸，我要租！
你是領月薪的，租給你也安心。
那太好了，
咚
咚
一個月六圓嗎？
太貴了嗎？
不，很便宜。
……
好，我這兩天會先搬點東西進來。

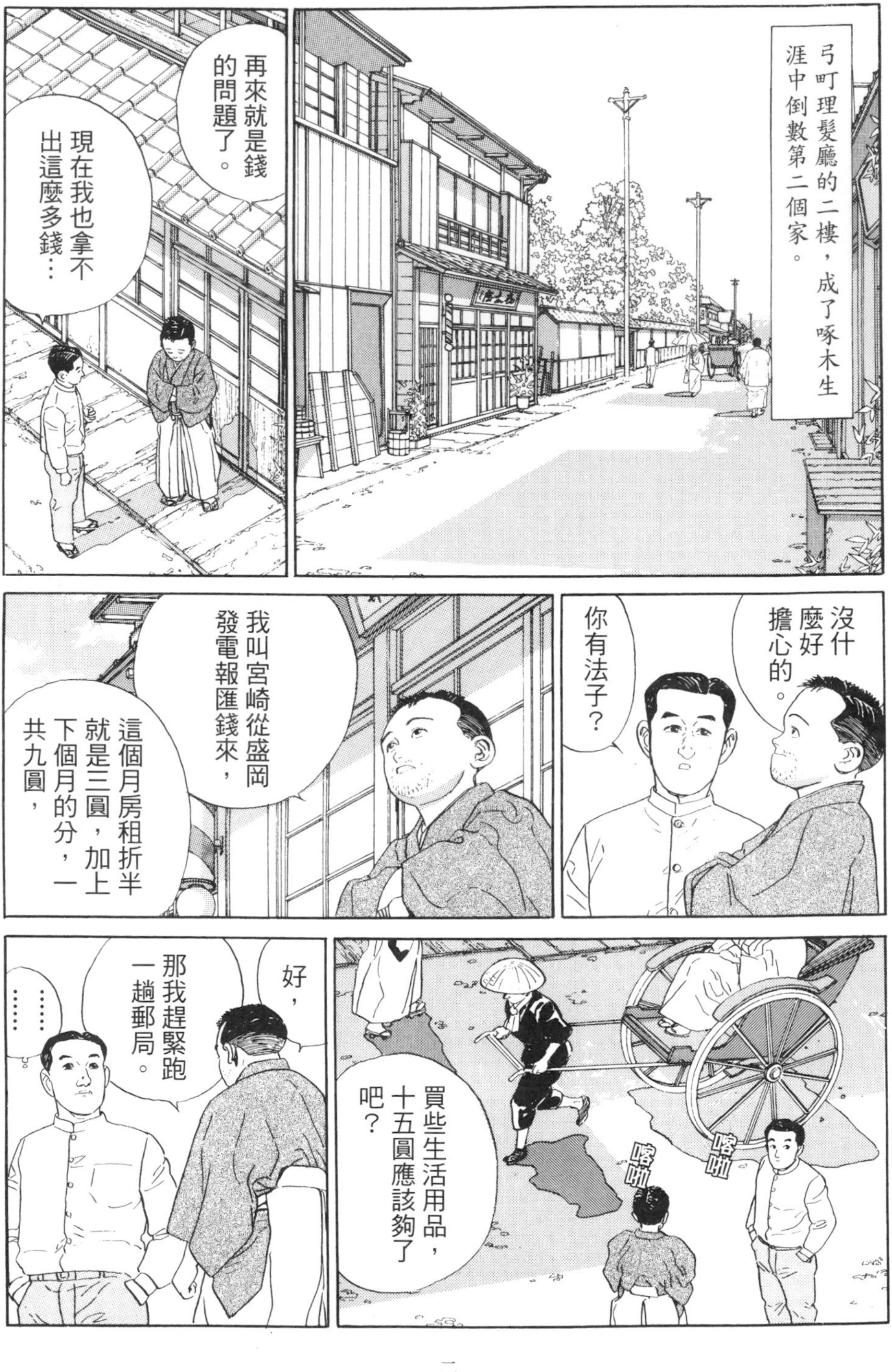
弓町理髮廳的二樓，成了啄木生涯中倒數第二個家。
再來就是錢的問題了。
現在我也拿不出這麼多錢…
沒什麼好擔心的。
你有法子？
我叫宮崎從盛岡發電報匯錢來，
這個月房租折半就是三圓，加上下個月的分，一共九圓，
買些生活用品，十五圓應該夠了吧？
喀啦
喀啦
好，
那我趕緊跑一趟郵局。
……

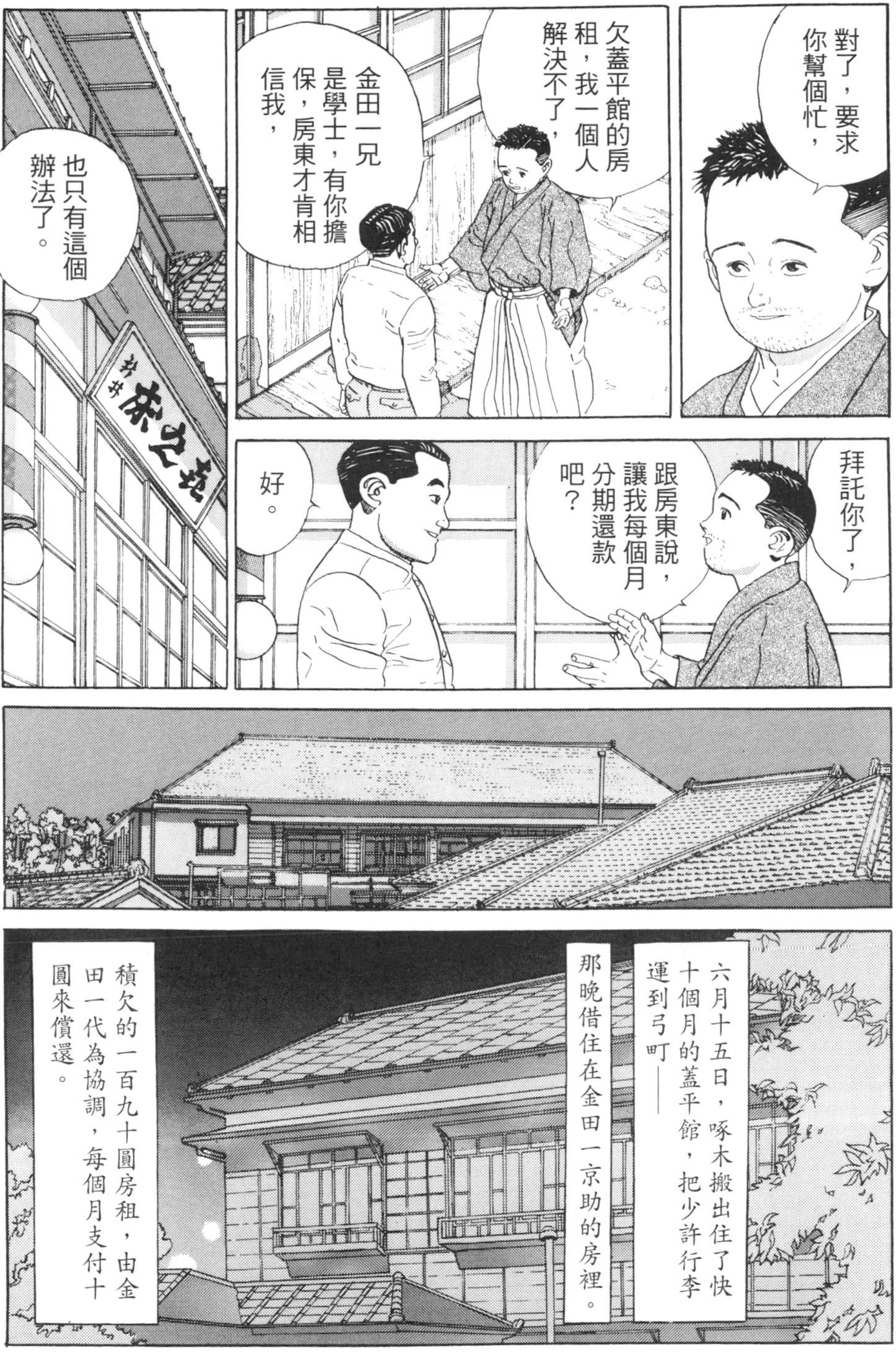
對了，要求你幫個忙，
欠蓋平館的房租，我一個人解決不了，
金田一兄是學士，有你擔保，房東才肯相信我，
也只有這個辦法了。
拜託你了，
跟房東說，讓我每個月分期還款吧？
好。
六月十五日，啄木搬出住了快十個月的蓋平館，把少許行李運到弓町——
那晚借住在金田一京助的房裡。
積欠的一百九十圓房租，由金田一代為協調，每個月支付十圓來償還。

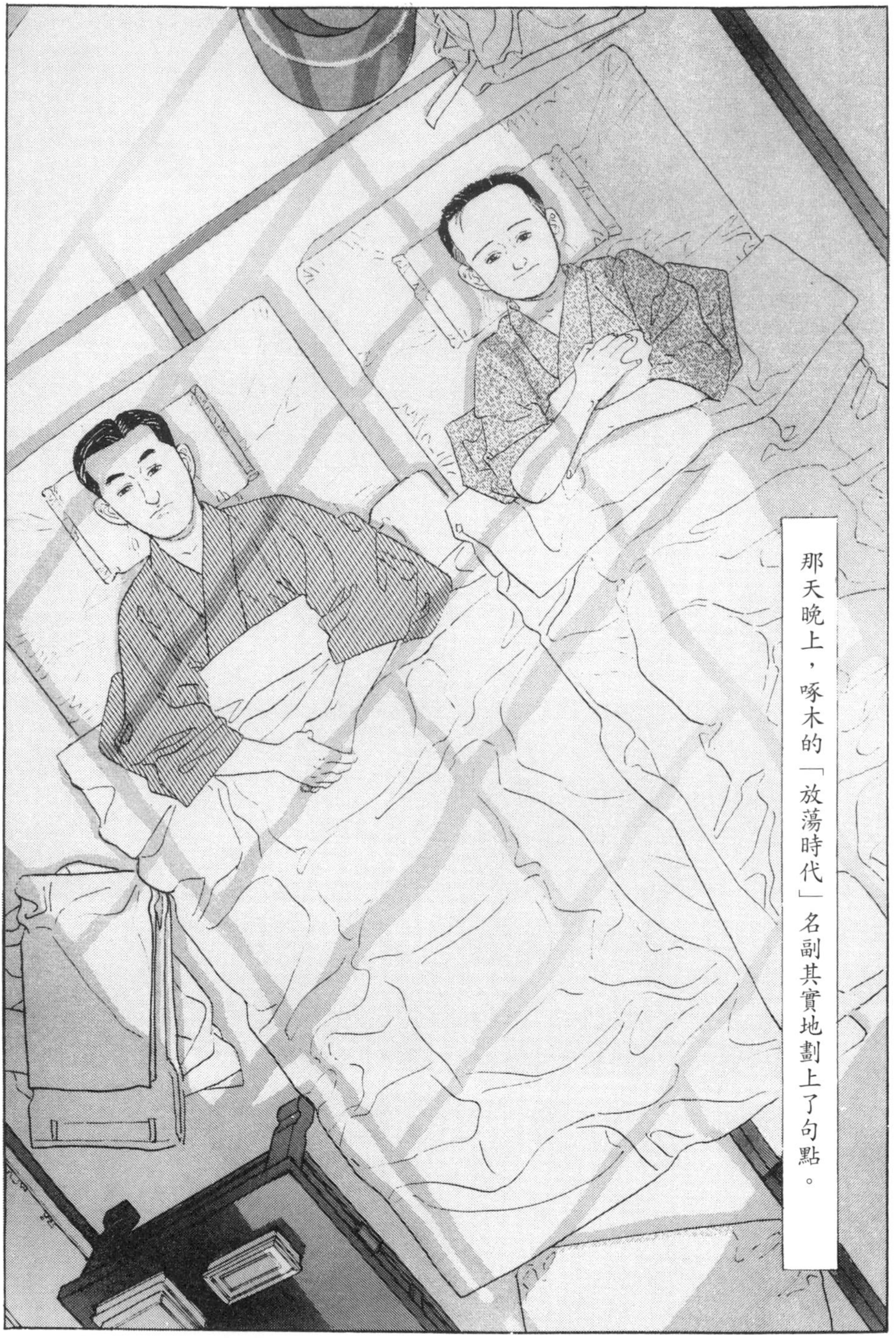
那天晚上，啄木的「放蕩時代」名副其實地劃上了句點。

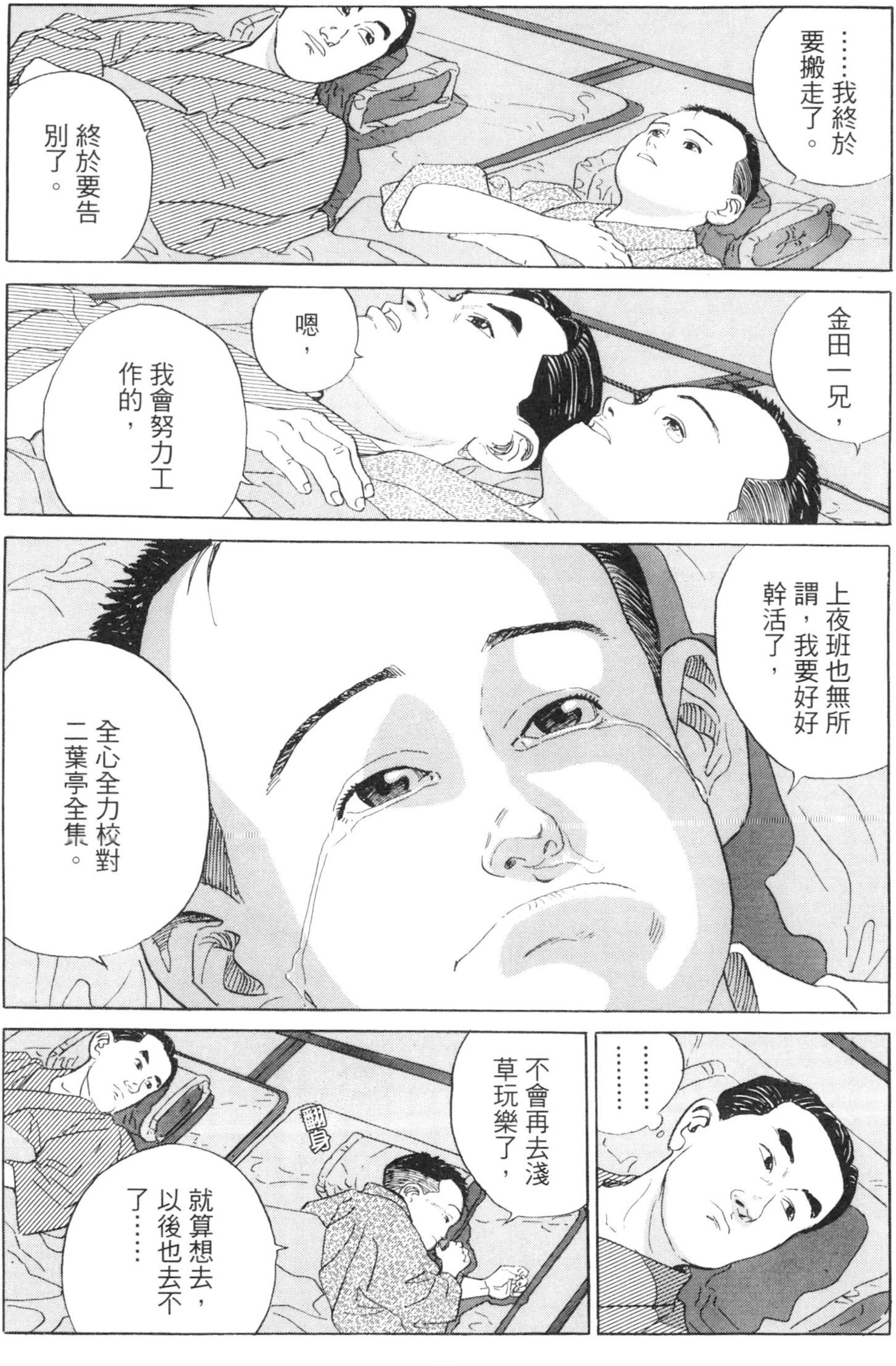
……我終於要搬走了。
終於要告別了。
金田一兄，
嗯，
我會努力工作的，
上夜班也無所謂，我要好好幹活了，
全心全力校對二葉亭全集。
……
不會再去淺草玩樂了，
翻身
就算想去，以後也去不了……

隔天是明治四十二年六月十六日，金田一京助和石川啄木一早就到上野車站去。
轟隆
轟隆
咚
哈雷彗星……
嗯？
金田一兄，
明年哈雷彗星要回來了。
石川，怎麼啦？

彗星說不定會撞上地球，變成碎片……
就算沒撞上來，聽說引力會吸光地球的空氣。
不至於吧？
我雖然不太相信，
該怎麼說呢，金田一兄，我們要是開始收購人力車的橡皮胎，
等彗星一來，就可以打氣來賣錢，一定可以大撈一票。
在地球末日之前，
至少能留下一些美好的回憶……
石川！
就算再怎麼努力幹活，到頭來依舊……
……是吧？
石川！
是，
你還是痛下決心吧，
先坐下！
好。

從今天起，
你必須養活一家人吧？
轟隆
在當個詩人之前，你是節子的夫君、石川家的長男，還是京子的父親吧？
趕緊改掉愛幻想的毛病，
別忘了，再怎麼不情願，你都是一家之主，
必須負起責任撫養的家人，現在來到東京了。
咚
……沒錯，
……說得很對。
金田一兄…
咚
怎麼了？
我打從心裡感激你的友情，
金田一兄，就算我哪天死了，也會暗中保佑你的。
…………

上野車站
嘟嘟—
嘟嘟—
下過一場梅雨的東京，天空晴朗無雲。
迎接家人的淡淡喜悅、對於未來的沉重不安、尚未痛下決心的猶疑，在啄木心裡交織著，
到了！
火車進站了。
從這天起，他就不再用羅馬字寫日記了。
嘟嘟—

用羅馬拼音寫日記，
與其說是為了保密，
不如說他想從壯士斷腕般的漢字韻律所帶來的快感和思考暫停狀態掙脫，
咻咻
咻咻
無意識地嘗試以更自由的日文書寫方式來表達自我。
咻咻—
咻咻
就像啄木的浪蕩時代，和過去登上盛岡城遺跡的中學時光一樣，昔日情懷早已融入青空中，消失得無影無蹤，
啄木展開了生涯晚期的苦鬥。

啊，在那裡。
是宮崎……
節子……
石川啄木，本名石川一。高五呎二吋五分，重十一貫八百（一五九公分，四十四公斤），尚稱健康。

明治時代在三年又一個月之後結束，
石川啄木的生命，還剩下兩年又十個月。

關於《蒼空之下》

嚴格來說，石川啄木稱不上是明治人。先讓我們來定義一下吧，像是二葉亭四迷、森鷗外、夏目漱石這些作家，他們生於明治前期，或曾沐浴在江戶時代的餘暉中，在不知不覺中受過漢文典籍和封建道德的薰陶，少年時期深受西歐文明的影響，也在「近代化」的漩渦中苦苦掙扎，接受了西歐文明卻又感到懷疑，雖然懷疑卻又不得不接受，若將這些作家稱之為「明治人」，啄木與他們不同。他生於明治十九年，這意味著當自由民權運動受到打壓，明治憲法制定完成，日本在明治時期完成「民族國家」的架構時，啄木不過是個剛懂事的孩子而已。

我的說法或許有點牽強，假設把「自由民權運動興起」到「制定明治憲法」這段動盪不安的時期，比喻為「全共鬥運動」到「聯合赤軍事件」的時期，再把甲午戰爭、日俄戰爭的年代，比喻為第一次和第二次石油危機中間的「安定成長期」，那麼道德規範的架構全然鬆脫，有如「情緒失控狀態」一般的明治末年，等於就是我們現在所生存的時代了。啄木精神史上的起伏過程，其實和生於一九六〇年代的青年有異曲同工之處，姑且不論具體事件的對比，兩個時代所散發的氣氛確實讓人感受到許多相似之處。

啄木的幼年在相當安逸的環境長大，因此養成了任性而開朗的性格，他是一位「少爺」，由於生父的過失弄得家道中落，對於金錢的貪慕和虛榮，無論在哪個時代都讓千萬人為之煩惱不已，自然也讓這位明治末年的「少爺」嚐盡各種辛酸苦楚，然而大部分還是要歸咎於他自身的過失。啄木這人自負自滿，有種輕佻的憤世態度，欠缺踏實過活的計畫性和意志力，和啄木相像的現代青年可說比比皆是。他同時也是個勤學苦讀的人，和當時的主流，也就是那些把權力視為相對存在而遠遠觀望的自然主義者保持一段距離，生活上的勞苦並沒有在啄木的性格裡頭刻劃下陰鬱的烙痕，也沒有讓他的個性變得渺小而卑微，反而讓他養成思索的態度，這些磨難倒也不算白費了。

自然主義講求的是以誠實而正確的方式來描寫，然而，所謂的誠實和正確依舊會基於主觀與刻意的判斷，描寫自己的醜惡之處時多少會加以修飾，像歌唱似地來美化陳述，等於是陶醉在醜事的告白中，啄木本能地瞭解到這個原理，所以他無法像當時流行的風格那樣坦率而為。經歷過「北海道流浪時代」的辛苦，他雖然還是無法改掉裝腔作勢的毛病，更修正不了放蕩不拘的性格，但卻多少讓他不再拘泥於文學創作的神聖性，結果就在他隨口吟誦出來的短歌作品中，感覺不到刻意創作的雕琢意圖，反而能不著痕跡地描寫出源於生活者本質的感慨，最後那些皺眉苦思的自然主義作家大部分都被歷史淘汰了，唯有「哭哭啼啼又自以為是」的石川啄木永垂不朽。

明治時代和石川啄木，和現在這個時代其實沒什麼不同，也很像那種雖然是朋友，實際相處起來卻令人厭煩的青年，不由得讓人有親切感。進步這種概念真的能適用於歷史上嗎？隨著時代變遷，更加方便的事物雖然多到數不清，我卻找不出人們因為生活便利而變得更為明智的證據，在二十年前依然有和啄木具備相同個性和生活態度的青年，現在也還是有這樣的青年，到底是因為才能不夠，還是怠惰不肯努力，抑或只是缺少認真踏實的態度呢？他們沒有留下足以讓人記憶的表現，就這樣埋沒無為，徒然地漸漸老去了。

接下來，《「少爺」的時代》第四部將會從明治四十三年春天展開，大逆事件的背景已經浮現了，幸德秋水、管野須賀子、荒畑寒村、扒手銀次和那群血氣方剛的悲劇青年，就像放射出淡淡光芒的哈雷彗星一般劃過歷史舞臺。啄木搬進了弓町，負責「朝日歌壇」這個版面，他成為一名生活者，汲汲營營地過日子，然後和大逆事件擦身而過，思想傾向隨之出現改變的跡象，夏目漱石的胃病益發嚴重，在修善寺某個豪雨的夜晚，他在一瞬間體驗到死亡的滋味，而森鷗外那時正站在生涯晚年，轉向歷史傳記著述的轉折點上，他精力旺盛地展開創作活動，竭盡全力想要逃出「文藝」的拘束。

從創作本系列第一部到現在已經過了四年半的時光，只剩下第四部和第五部了，我會和谷口治郎一起奮鬥，期望能加快腳步來進行續篇的工作。凜冽的明治時代，在不久後就要迎向尾聲了。

一九九一年十月　關川夏央

《「少爺」的時代》新裝版後記

青年石川君

「石川君」——石川啄木在一九一二（明治四十五）年四月十三日逝世，那是個春天的午後，東京的櫻花正汗流浹背地垂頭綻放著。

石川君會落得一貧如洗，都是胡亂浪費的壞毛病害的，他經常向朋友們借錢，心裡記得那些欠款，最後依舊欠債不還。這個人的興趣和專長就是寫出讓朋友出錢幫自己解圍的告貸信，還有讓女性芳心大動的情書，他對自己的文辭深具信心，也不時加以實踐。

啄木心高氣傲，就算對方年紀比自己大，講話也不會拘禮，他還是個筆記狂，把自己的日記當成「作品」看待，到那裡都隨身攜帶寶貝的日記本。

真是一個有意思的青年啊！我想要是真的認識了石川君這個人，每個人都會被他借上一筆的。

二〇一四年七月　關川夏央

雜誌連載

WEEKLY 漫畫 ACTION　一九九一年三月二十六～九月十七日

關川夏央（SEKIKAWA NATSUO）

一九四九年生於日本新瀉縣，作家。主要著作包括：《跨越海峽的全壘打》（講談社紀實文學獎）、《首爾的練習題》、《光明的昭和時代》（講談社散文獎）、《家族的昭和》、《二葉亭四迷的明治四十一年》等書，為表揚其成就，於二〇一〇年獲頒司馬遼太郎獎。

谷口治郎（TANIGUCHI JIRO）

一九四七年生於日本鳥取縣，漫畫家。一九七二年以《暗啞的房間》出道，《遙遠的聲響》入選 BIG COMIC 漫畫獎佳作，並以《養狗》獲得第三十七屆小學館漫畫獎。共著則有《蠟嘴雀》（原作：墨比斯）、《神之山嶺》（原作：夢枕貘）、《事件屋稼業》（原作：關川夏央）等多部漫畫作品。二〇一〇年《遙遠的小鎮》在法國、比利時、盧森堡及德國的共同製作下，改拍真人電影版。

譯者　劉蕙菁

臺灣彰化人，名古屋大學碩士。近期譯有《貴子永遠》、《計程車司機的祕密京都》及《從落難考生到影帝：大泉洋的十六年青春饒舌物語》等書。

緣
書系
住在
故事裡 13

蒼空之下：「少爺」的時代 第三卷
新装版 かの蒼空に『坊っちゃん』の時代 第三部

作者｜關川夏央、谷口治郎（関川夏央・谷口ジロー）
譯者｜劉蕙菁
執行長｜陳蕙慧
副總編輯｜洪仕翰
責任編輯｜盛浩偉、宋繼昕
日文顧問｜李佳翰
設計｜陳永忻
內文排版｜黃雅藍
出版｜衛城出版／左岸文化事業有限公司
發行｜遠足文化事業股份有限公司（讀書共和國出版集團）
地址｜23141 新北市新店區民權路 108-3 號八樓
電話｜02-22181417
傳真｜02-22188057
客服專線｜0800-221029
法律顧問｜華洋法律事務所 蘇文生律師
製版｜瑞豐電腦製版印刷股份有限公司
初版一刷｜二〇一八年三月五日
初版七刷｜二〇二三年八月七日
定價｜三五〇元

本作品：新装版『坊っちゃん』の時代　第三部　かの蒼空に
NEW EDITION -「BOCCHAN」NO JIDAI III KANO AOZORA NI

First published in Japan in 2014 by Futabasha Publishers Ltd., Tokyo.
This Traditional Chinese language edition is published by Acropolis, an imprint of Walkers Cultural, under licence from Futabasha Publishers Ltd.

出版單位：衛城出版

蒼空之下：「少爺」的時代．第三卷 / 關川夏央，谷口治郎著；劉蕙菁譯

ISBN 978-986-95892-3-9 （平裝）
NT$：350

填寫本書線上回函

ACRO
POLIS
衛城
出版

Email acropolis@bookrep.com.tw
Blog www.acropolis.pixnet.net/blog
Facebook www.facebook.com/acropolispublish

● 親愛的讀者你好，非常感謝你購買衛城出版品。
我們非常需要你的意見，請於回函中告訴我們你對此書的意見，
我們會針對你的意見加強改進。

若不方便郵寄回函，歡迎傳真回函給我們。傳真電話 —— 02-2218-1142

或上網搜尋「衛城出版FACEBOOK」
http://www.facebook.com/acropolispublish

● 讀者資料

你的性別是 □ 男性 □ 女性 □ 其他

你的職業是 ______________________ 你的最高學歷是 ______________________

年齡 □ 20 歲以下 □ 21-30 歲 □ 31-40 歲 □ 41-50 歲 □ 51-60 歲 □ 61 歲以上

若你願意留下 e-mail，我們將優先寄送 ______________________ 衛城出版相關活動訊息與優惠活動

● 購書資料

● 請問你是從哪裡得知本書出版訊息？（可複選）
□ 實體書店 □ 網路書店 □ 報紙 □ 電視 □ 網路 □ 廣播 □ 雜誌 □ 朋友介紹
□ 參加講座活動 □ 其他 __________

● 是在哪裡購買的呢？（單選）
□ 實體連鎖書店 □ 網路書店 □ 獨立書店 □ 傳統書店 □ 團購 □ 其他 __________

● 讓你燃起購買慾的主要原因是？（可複選）
□ 對此類主題感興趣
□ 參加講座後，覺得好像不賴
□ 覺得書籍設計好美，看起來好有質感！
□ 價格優惠吸引我
□ 議題好熱，好像很多人都在看，我也想知道裡面在寫什麼
□ 其實我沒有買書啦！這是送（借）的
□ 其他 __________

● 如果你覺得這本書還不錯，那它的優點是？（可複選）
□ 內容主題具參考價值 □ 文筆流暢 □ 書籍整體設計優美 □ 價格實在 □ 其他 __________

● 如果你覺得這本書讓你好失望，請務必告訴我們它的缺點（可複選）
□ 內容與想像中不符 □ 文筆不流暢 □ 印刷品質差 □ 版面設計影響閱讀 □ 價格偏高 □ 其他 __________

● 大都經由哪些管道得到書籍出版訊息？（可複選）
□ 實體書店 □ 網路書店 □ 報紙 □ 電視 □ 網路 □ 廣播 □ 親友介紹 □ 圖書館 □ 其他 ______

● 習慣購書的地方是？（可複選）
□ 實體連鎖書店 □ 網路書店 □ 獨立書店 □ 傳統書店 □ 學校團購 □ 其他 __________

● 如果你發現書中錯字或是內文有任何需要改進之處，請不吝給我們指教，我們將於再版時更正錯誤

____

____

____

____

____

請沿虛線剪下

廣告回信
板橋郵政登記證
板橋廣字第1139號

免貼郵票

23141
新北市新店區民權路 108-2 號 9 樓

衛城出版 收

● 請沿虛線對折裝訂後寄回，謝謝！

ACRO POLIS 衛城出版

綠書系
住在故事裡